# Un vecino poco amistoso

### Jan Colley

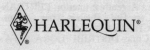

HARLEQUIN®

Editado por HARLEQUIN IBÉRICA, S.A.
Hermosilla, 21
28001 Madrid

I.S.B.N.: 978-84-671-4622-6
Depósito legal: B-74-2007
Editor responsable: Luis Pugni
Composición: M.T. Color & Diseño, S.L.
C/. Colquide, 6 portal 2 - 3º H, 28230 Las Rozas (Madrid)
Fotomecánica: PREIMPRESIÓN 2000
C/. Algorta, 33. 28019 Madrid
Impresión y encuadernación: LITOGRAFÍA ROSÉS, S.A.
C/. Energía, 11. 08850 Gavá (Barcelona)
Fecha impresion para Argentina: 20.8.07
Distribuidor exclusivo para España: LOGISTA
Distribuidor para México: CODIPLYRSA
Distribuidores para Argentina: interior, BERTRAN, S.A.C. Vélez
Sársfield, 1950. Cap. Fed./ Buenos Aires y Gran Buenos Aires,
VACCARO SÁNCHEZ y Cía, S.A.
Distribuidor para Chile: DISTRIBUIDORA ALFA, S.A.

# Capítulo Uno

¡Bang! ¡Bang! ¡Bang!

«Qué calor hace. ¿Qué es ese ruido?».

–Hola, ¿hay alguien ahí?

«Qué cansada estoy...».

¡Bang! ¡Bang!

Eve se irguió, quedando en posición sentada y con el corazón latiéndole aceleradamente. Unos instantes atrás, su mente volaba entre voces distantes y la maravillosa música de Tchaikovsky.

De repente, un tremendo estruendo la había hecho incorporarse a toda velocidad. El ruido persistía.

Desorientada, se puso en pie. Se había quedado dormida en el sofá. El incendio había sido sofocado, pero seguía teniendo mucho calor.

–Un momento.

Aquéllas eran las primeras palabras que pronunciaba en días y la experiencia la hizo toser. No había dado más que un par de pasos cuando se tropezó con una de las cajas que todavía no había desembalado.

–¿Quién es? –preguntó al llegar a la puerta.

–Su vecino –contestó una voz en tono cortante.

¿Su vecino? ¿Pero dónde estaba? Ah, sí, en su nueva casa, en la casa situada en Waheke Island a la que se había mudado hacía unos días.

Eve se apoyó en la puerta mientras se registraba los bolsillos en busca de un pañuelo de papel. El vecino volvió a llamar a la puerta y Eve sintió que le estallaba la cabeza, lo que le hizo llevarse las manos a las orejas.

Fue entonces cuando se dio cuenta de que algo había sucedido con su pelo. Ah, sí, se lo había cortado. Sí, había decidido hacía un par de semanas cambiar de imagen para empezar de nuevo.

Cortarse el pelo había sido el símbolo de dejar atrás el divorcio, el despido de su trabajo y un largo etcétera.

¡Bang! ¡Bang! ¡Bang!

–Ya voy, ya voy.

La cerradura estaba algo oxidada y Eve se encontraba muy débil, pero, al final, consiguió abrir la puerta. Al hacerlo, bostezó, estaba exhausta, acalorada y sudada. Se miró los pies pues le ardían y se dio cuenta de que llevaba los calcetines mal puestos, lo que no le impidió fijarse en el par de zapatos relucientes de la persona que tenía ante sí.

A medida que fue subiendo la mirada, se encontró con unos pantalones de raya perfectamente marcada y una chaqueta a juego en tono también gris.

A continuación, se fijó en el cuerpo que lucía aquel traje... había mucho cuerpo en el que fijarse. Unas piernas muy largas y un torso muy ancho después, se encontró mirándose en los ojos de su vecino.

Eve se fijó en su rostro, compuesto por una mandíbula fuerte, unos labios anchos y unos maravillosos ojos verdes. Coronaba todo aquel atractivo conjunto un cabello castaño y voluminoso muy bien cortado.

Aunque estaba mareada por la fiebre y los medicamentos, su mente había registrado perfectamente los atractivos rasgos del desconocido.

–Vaya... –suspiró.

En aquel momento, se sintió débil y tuvo que apoyarse en el marco de la puerta, lo que hizo que el desconocido la agarrara del brazo.

–¿Está usted bien? –le preguntó.

–¡No me toque!

El desconocido apartó la mano, pero no dio un paso atrás.

–Es contagioso –le explicó Eve.

El desconocido parecía preocupado, pero no amable.

«Por lo menos, tal y como estoy, no creo que se le pase por la cabeza violarme», pensó Eve.

Y, si aquel hombre había ido a matarla, Eve aceptaría la muerte como un gran alivio.

El hombre se quedó observándola atentamente y Eve esperó la reacción que tantas veces había visto en otras personas.

–Usted es... Eve Summers.

–Drumm –contestó Eve mojándose los labios–. Me he divorciado.

Vida nueva, apellido nuevo.

En realidad, era su apellido de toda la vida, el de soltera. Como hacía pocas semanas que se había divorciado, todavía no se había acostumbrado a volver a utilizarlo, pero todo llegaría.

–Está usted diferente.

–Sí, debe de ser porque todavía no he sacado de la caja de la mudanza a la maquilladora ni al estilista –contestó Eve sintiendo ganas de estornudar.

El hombre miró por encima de su hombro y frunció el ceño. En aquel momento, Eve se dio cuenta de que la orquesta sinfónica a la que había estado escuchando estaba llegando al clímax de la pieza.

–¿Ha ido al médico? –le preguntó el desconocido en lo que a Eve se le antojó un tono de voz demasiado alto.

–Es sólo un resfriado –contestó.

Desde luego, la corriente que provocaba la puerta abierta no le estaba haciendo ningún bien, pero no podía invitar a aquel hombre a pasar a su casa porque el lugar estaba hecho un desastre.

–Ya se me pasará.

A pesar de que llevaba dentro una buena dosis de antihistamínicos, a Eve no se le había pasado por alto que aquel hombre era guapísimo.

–Hay varios médicos en esta población –insistió el vecino.

–Lo único que me va a decir el médico es que descanse y que tome mucho líquido.

–Y, tal vez, también le aconseje que disfrute del silencio.

Obviamente, al tipo no le gustaba Tchaikovsky.

–Hace tres días que se mudó usted aquí y, desde entonces, no ha dado señales de vida.

Eve se dio cuenta de que le costaba mantener los ojos abiertos. La debilidad le estaba ganando la partida. Si no se sentaba en breve, temía caerse al suelo.

–¿Quería usted algo?

Desde luego, no era la pregunta más amable que se podía hacer a un nuevo vecino, pero ya se lo recompensaría en otro momento. En aquéllos, lo único que quería estar sola para morir en paz.

El aludido dio un respingo y frunció el ceño, obviamente molesto ante su mala educación.

–Estaba preocupado –contestó.

Debía de estar alucinado ante su apariencia física, muy lejos de la que normalmente daba Eve de cara al público, pero se encontraba fatal y lo último que necesitaba era que alguien la mirara como si fuera un gusano.

–Mire, lo invitaría a pasar, pero... todavía no he colocado las cosas y la casa está... en fin, que yo estoy...

–Antes de que deshaga el equipaje, me gustaría decirle que he venido a hacerle una oferta para comprarle la casa –contestó el desconocido.

Eve volvió a sentir unas tremendas ganas de estornudar, lo que le impidió contestar.

–Esta casa –insistió el hombre.

–¿Esta casa?

¿No le había dicho ni cómo se llamaba y quería comprarle la casa?

–Estoy dispuesto a pagarle diez mil dólares más de lo que usted haya pagado por ella.

Eve se dijo que debía de estar soñando. Sí, aquel hombre increíblemente guapo y bien vestido era producto de su imaginación, confusa por una dosis increíble de antihistamínicos.

Eve sacudió la cabeza.

Le dolía.

–Diez mil dólares es una suma a tener en cuenta. Piense que la ganaría sin esfuerzo.

–Me acabo de comprar la casa –contestó Eve indignada.

–Veinte mil.

–Si tanto le interesa, ¿por qué no se la compró al antiguo propietario? –le preguntó.

A continuación, cerró los ojos y rezó para que aquel hombre se fuera cuanto antes.

–Digamos que Baxter y yo teníamos formas diferentes de ver la vida.

–¿No le pareció bien su oferta?

–Hizo el tonto. Le ofrecí el doble de lo que la casa costaba en realidad.

Eve se encogió de hombros.

–Lo siento mucho.

El hombre emitió un sonido de impaciencia.

–Bueno, le estoy ofreciendo veinte mil dólares más de lo que usted ha pagado por ella. En efectivo. Sin agencias.

–¿Por qué iba yo a comprarme una casa para venderla a la semana siguiente?

–Porque es usted una mujer inteligente que no va a dejar pasar la oportunidad de ganar veinte mil dólares sin hacer nada.

Eve se masajeó las sienes. El desconocido le entregó una tarjeta de visita y Eve la leyó, pero no se quedó con ninguno de los datos porque se estaba empezando a marear de nuevo y tuvo que apoyarse otra vez en el marco de la puerta.

–Necesita usted un médico. ¿Está sola?

–Lo único que necesito es dormir un poco –contestó Eve.

«¡A ver si te vas!», añadió mentalmente.

El desconocido la miró y asintió.

–Ya hablaremos cuando se encuentre mejor –se despidió dando un paso atrás.

–Entonces, tampoco estará en venta –declaró Eve elevando el mentón en actitud desafiante.

Eve Summers, o sea, Drumm, no daba su brazo a torcer así como así. Tuviera resfriado o no.

En aquel momento, el estornudo que había estado pugnando por salir desde hacía ya un rato consiguió su objetivo y Eve se apresuró a cubrirse la cara con el pañuelo de papel.

El desconocido enarcó las cejas y Eve se sintió mortificada al ver que sonreía. A continuación, se giró y se alejó camino abajo.

–Mi camino –afirmo Eve muy satisfecha.

A continuación, cerró la puerta y se dejó caer al suelo. El pañuelo que tenía en la mano ya no servía para nada, pero no tenía fuerzas como para cruzar la habitación y cambiarlo por otro.

Una vez a solas, miró la tarjeta de visita del desconocido. *Conner Bannerman. Presidente de Bannerman Inc.* Aquel nombre le sonaba de algo, pero no estaba en condiciones de hacer memoria.

Dormir.

Allí mismo si era necesario.

Eve dejó caer la tarjeta al suelo y se quedó dormida.

–Mantenme informado.

Conn salió del contenedor que hacía las veces de oficina y de cafetería en la obra y se despidió de su capataz.

Apesadumbrado, se dirigió a través del barro y de la gravilla hacia el BMW que lo estaba esperando.

¡Maldito ayuntamiento! Iban con mucho retraso. A Conn le entraron ganas de pasarse por las oficinas municipales a cortar unas cuantas cabezas.

Conner Bannerman llevaba más de diez años en el negocio de la construcción. Más bien, era el constructor por excelencia de Nueva Zelanda, dos estados de Australia y buena parte del Pacífico Sur. No había casi nada que no supiera sobre el negocio de la construcción.

El ayuntamiento lo estaba mareando, haciéndole perder el tiempo. Era un secreto a voces que el actual alcalde se oponía a la construcción del nuevo estadio de rugby porque creía que el dinero de la ciudad se podía invertir en otras cosas y Conn no podía hacer nada hasta que se celebraran elecciones, pero para aquello todavía quedaba un mes.

Conn llegó junto a su coche y se montó.

–¿A la terminal de ferrys, señor Bannerman?

Conn asintió y se sacó el teléfono móvil del bolsillo de la chaqueta. Tras consultar los mensajes recibidos, llamó a la oficina.

–Pete Scanlon ha llamado para preguntarle si va a ir a la fiesta del día veinticinco de recaudación de fondos para su candidatura.

–Envíale mis más sentidas disculpas –le contestó Conn a su secretaria.

–Se lo dije la semana pasada, pero quiere que haga usted algún tipo de presentación ya que está patrocinado su campaña.

Conn hizo una mueca de disgusto.

–Le he dicho que muchas gracias, pero que tenía usted otro compromiso.

–Gracias, Phyll –contestó Conn–. Nos vemos el lunes.

–No olvide...

–La videoconferencia de mañana desde Melbourne.

–A las diez –le recordó la siempre eficiente Phyll.

Conn se preguntó qué haría sin aquella maravillosa secretaria. Si no fuera por ella, pasaría en el despacho siete días a la semana en lugar de tener la libertad de la que gozaba ahora trabajando desde casa cuando así le apetecía.

Conn se guardó el teléfono móvil de nuevo en el bolsillo. De buena gana hubiera estado dispuesto a trabajar los siete días de la semana si con ello hubiera conseguido sacar adelante el proyecto más grande de su vida, pero no era ésa la solución.

Pete Scanlon era su única esperanza. Por eso, Bannerman Inc. apoyaba su campaña.

–Nos vemos el lunes a las nueve, Mikey –se despidió Conn de su conductor al llegar a su destino.

A continuación, tras haber bajado del coche, se abrochó bien el abrigo y se dirigió a la terminal de los ferrys. Una vez allí, se puso a la cola. Mientras esperaba para sacar su billete, se fijó en una revista que había en una mesa.

Al ver el rostro que se asomaba al mundo desde la portada, se preguntó por qué cada vez que veía aquella cara no podía parar de mirarla.

Aquella mujer no era de una belleza despampanante. Más bien, era la típica vecina mona que te gusta, pero nada más. Gracioso, ¿eh? Además,

Conn había descubierto que no resultaba tan atractiva en persona, ni tampoco tan amable como en la televisión.

Por otra parte, era injusto decir aquello porque, cuando la había visto, no estaba en buen estado de salud.

En aquella ocasión, le había parecido que tenía el rostro más redondeado que en pantalla y algo de papada, lo que le confería cierto encanto. El fotógrafo de la revista había capturado perfectamente sus ojos, del color del puerto en mitad de la bruma.

Conn leyó el titular.

*Por qué lo he dejado.*

Conn solía trabajar tanto que no tenía tiempo para leer la prensa rosa, pero el revuelo que se había formado cuando la presentadora de televisión más famosa del país había abandonado el plató en mitad de una grabación había sido tan increíble que hasta él se había enterado.

Conner Bannerman tenía muchas razones para odiar a los medios de comunicación y no tenía pelos en la lengua a la hora de afirmar que todos los periodistas, reporteros y presentadores de Nueva Zelanda eran escoria.

Antes de haberla conocido, la única que le parecía que se salvaba un poco era Eve Summers porque le parecía que su programa nocturno de sucesos tenía seriedad. Era el único momento del día en el que Conn encendía la televisión. A menos, claro, que hubiera un partido de rugby.

Conn abrió la revista, hojeó el contenido del artículo y leyó... *Cansada... reciente divorcio...* Conn sacudió la cabeza. Una cosa era que los famosos quisieran airear su vida privada y otra que los medios de comunicación se empeñaran en comentar la vida privada de gente que no quería que los demás supieran nada de ellos.

Conn se dio cuenta de que el cliente que iba delante de él se movía.

–¿Lo de siempre, señor Bannerman?

Conn asintió y siguió leyendo.

*Su nombre verdadero es Evangeline...*

«Bonito nombre», pensó.

*Su padre murió... era la primera vez que hacía televisión... sin pareja....*

Conn leyó el artículo ·en diagonal, buscando las palabras clave. A continuación, cerró la revista y, para su asombro, le indicó al vendedor que, además de su acostumbrada revista de negocios, le cobrara también aquélla.

¿Qué demonios le había sucedido?

Normalmente, pasaba el trayecto de treinta y cinco minutos desde la ciudad leyendo periódicos de economía o trabajando, pero aquel día algo le debía de haber nublado la razón.

Incluso el vendedor, que había doblado con cuidado la revista femenina dentro de la de economía, lo había mirado estupefacto.

Conn se había percatado de aquella mirada y, tras haber pagado, se había alejado sintiéndose ridículo.

Para cuando llegó a casa, sin embargo, ya se había olvidado.

Claro que volvió a recordarlo inmediatamente cuando se encontró al objeto de su disgusto llamando al timbre de su casa. Conn apagó el motor del coche, metió la prensa en el maletín y salió.

Se sentía molesto e intrigado. No le gustaban las sorpresas y le parecía que ya había perdido suficiente tiempo pensando en aquella mujer.

En cualquier caso, no podía negar que le interesaba. ¿Sería porque era famosa? ¿Le interesaría igual si no fuera conocida?

Haciendo un rápido examen de su cuerpo, Conn decidió que le interesaría de todas maneras. Eve Summers era más delgada de lo que parecía en televisión, pero tenía bonitas curvas y caminaba como si supiera que los hombres la miraban.

Conn se fijó en que llevaba unos vaqueros ajustados, que marcaban sus largas piernas, y la saludó con la cabeza cuando ella hizo un ademán elegante con la mano y avanzó hacia él.

Desde luego, parecía que se encontraba mucho mejor que la última vez que se habían visto. Estaba oscureciendo y las luces de seguridad del camino de entrada de casa de Conn arrancaban reflejos preciosos de su pelo.

A juzgar por su apariencia perfecta, debía de haber encontrado su equipo de maquillaje. Además, lucía una practicada sonrisa en el rostro.

Al instante, Conn se dijo a sí mismo que debía recordar que tenía ante sí a una periodista y que aquellas personas no sabía lo que significaba «extraoficial».

En cuanto la tuvo cerca, aquel pensamiento abandonó su mente y fue sustituido por un poderoso deseo que lo tomó completamente desprevenido y con fuerza.

Sí, era cierto que había transcurrido ya algún tiempo desde el último encuentro sexual que había habido en su vida, pero debería haber podido controlar su libido. Parecía un adolescente.

Conn dio gracias al cielo por llevar un abrigo bien grueso.

—Buenas noches, vecino —lo saludó Eve sonriendo con precaución.

A Conn se le ocurrió que parecía algo nerviosa y aquello le pareció encantador. También peligroso. ¿Por qué una mujer que se ganaba la vida entrevistando personas y tranquilizándolas podía estar nerviosa?

—Hola, señora Summers —le contestó.

—Eve —le dijo ella—. He venido porque había pensado que podríamos volver a intentar eso de actuar como buenos vecinos. Esta vez, sin medicamentos de por medio.

Eve se encontraba perfectamente y le habían entrado ganas de explorar el nuevo entorno en el que vivía, así que había decidido ir a visitar a su vecino. En parte, para disculparse por cómo se había comportado unos días atrás, pero también porque le intrigaba saber algo más de él. No solamente le había gustado físicamente sino que, además, le interesaba saber por qué quería comprar su casa.

La casa de Conn se encontraba a menos de cinco minutos andando de la suya y a Eve le había sentado de maravilla salir a estirar las piernas después de haber estado recluida en casa durante semanas por culpa del resfriado.

Aunque no se acordaba de su nombre, al tenerlo ahora delante se daba cuenta de que su memoria no le había hecho justicia porque Conner Bannerman era un hombre más alto, fuerte y guapo de lo que ella recordaba.

Desde luego, aquel hombre era grande. Eve se quedó impresionada, no sólo por su tamaño sino también por una presencia física que parecía invadir su espacio vital, lo que le daba ganas de dar un paso atrás.

Sorprendida, Eve se quedó mirándolo, pero Conn no hizo ninguna señal que le indicara que era bienvenida.

–Fue todo un detalle por su parte pasarse por casa el otro día para ver qué tal estaba.

Conn ladeó la cabeza y se quedó mirándola en silencio.

Eve se mordió el labio.

–Le pido perdón si el otro día no me mostré muy amable.

–No se mostró usted amable en absoluto –murmuró Conn.

Eve se quedó mirando una arruga que tenía en los vaqueros, sin saber muy bien qué contestar. Normalmente, la gente se alegraba de verla y a todo el mundo le gustaba conversar con ella. No era que a ella le encantara ser una celebridad, pero tampoco estaba acostumbrada a que la trataran así.

–Bueno, le pido perdón por lo de la otra noche. ¿Podríamos empezar de nuevo desde el principio?

Conn se masajeó la mandíbula.

–Me temo que he perdido su tarjeta de visita. Ni siquiera sé cómo se llama –continuó Eve.

–Conn –contestó sin alargar la mano–. Bannerman.

Eve tuvo de nuevo la impresión de que ya había oído ese nombre antes.

–Tiene usted una casa preciosa –comentó mirando a su alrededor.

La casa que había estado admirando antes de que el dueño llegara era un edificio construido al borde de un acantilado, compuesto por una sola planta, hecho de madera, hormigón y cristal y en forma de media luna. De los tres materiales, el que dominaba era el cristal y no era de extrañar porque debía de haber unas vistas excepcionales desde allí.

–¿Quiere pasar?

Eve volvió a girarse hacia él.

–No me gustaría molestarlo.

Conn condujo a su invitada al interior de la casa a través del garaje y Eve se sintió eclipsada por la amplitud del vestíbulo de entrada. Se fijó en que, al entrar, Conn había estado a pocos centímetros de darse con el marco de la puerta y pensó que aquélla era una casa grande para un hombre grande.

A continuación, entraron en una inmensa cocina que hacía las veces de comedor y salón y que tenía ventanales desde el techo hasta el suelo, que era de madera pulida, lo que confería a toda la estancia una maravillosa sensación de amplitud.

Daba la impresión de que la estancia estaba dividida en varias habitaciones, pero no era así. Se trataba de un solo espacio, pero, combinando hábilmente colores neutros y echando mano de tabiques de papel, se había conseguido el efecto deseado.

Las luces no estaban encendidas. Parecía que no hubiera ni cortinas ni persianas. A lo lejos, más allá del puerto, se veían los altos edificios y las torres de la ciudad y, entre ellos, parches de oscuridad, que eran colinas y parques.

También se veía la curva de la isla, salpicada de lucecitas procedentes de las minúsculas poblaciones en las que vivían las cinco mil personas que componían su población. A la derecha, en el mar, se vislumbraban las sombras de las demás islas que componían las islas del Golfo de Hauraki.

Conner Bannerman dejó su maletín sobre la mesa y comenzó a desabrocharse el abrigo.

–¿Le apetece tomar un café o prefiere algo más

fuerte? –le preguntó a su invitada yendo hacia la cocina y encendiendo un par de luces.

–Un café está bien –contestó Eve todavía impresionada por las vistas–. ¿Lo ayudo?

Al ver que Conn no contestaba, se giró hacia él. Lo encontró de espaldas a ella. Se había quitado la chaqueta y se estaba arremangando la camisa, lo que dejaba al descubierto unos brazos musculados y fuertes.

–¿Esta casa la ha construido usted?

Conn se giró con dos tazas en la mano. Tras asentir, llenó la cafetera de agua.

–¿Es usted constructor? –le preguntó Eve apoyándose en la mesa de madera que ocupaba buena parte de la cocina.

–Sí, me dedico a la construcción.

De repente, las piezas del rompecabezas encajaron.

–Presidente de Bannerman Inc. Es usted el del estadio de rugby Bannerman.

–Es el estadio de rugby Gulf Harbor –la corrigió Conn dejando sobre la mesa leche, azúcar y cucharas.

Eve recordaba perfectamente la euforia que se había apoderado del país cuando el Consejo Internacional de Rugby había anunciado que la próxima Copa del Mundo se celebraría en Nueva Zelanda.

La construcción del estadio era un tema del que se hablaba continuamente, pero ella no lo había seguido muy de cerca.

Desde luego, lo habría hecho de haber sabido

que el hombre que estaba detrás de la construcción de dicho estadio era tan guapo.

Eve se quedó mirándolo y pensó que tenía un perfil duro y fuerte, perfectamente proporcionado, y que daría muy bien en cámara...

Su vecino parecía muy a gusto en la cocina, en la que se movía con naturalidad y eficacia. Eve estaba segura de que jamás se le habría caído una cucharilla o una taza, todo lo contrario que ella.

¿Aquello de que se moviera a sus anchas por la cocina querría decir que no había señora Bannerman?

–¿Nos sentamos?

Eve aceptó la taza de café y se dirigieron a la mesa. En uno de los extremos había varios documentos, papeles y un ordenador portátil. Además, en una bandeja había un montón de llaves. A Eve le encantó que aquel hombre no fuera tan ordenado como parecía en un principio.

–A veces, trabajo desde casa –le explicó Conn al ver que miraba el espacio en el que había estado trabajando–. Tengo un despacho, pero me gusta trabajar aquí.

–No me extraña.

Se quedaron tomando el café en silencio durante unos instantes. A Eve se le antojó que el silencio era sofocante pues no estaba acostumbrada. Ella siempre tenía encendida la televisión o ponía música.

–Mi casa entera debe de ser como esta habitación –comentó.

Conn se quedó mirándola con interés.

—¿Ha pensado lo de mi oferta?

—Cuando me la hizo, tenía la cabeza en otras cosas y no me pareció que hablara usted en serio.

—Le aseguro que la oferta iba en serio —insistió Conn sin dejar de mirarla.

Eve pensó que aquel hombre tenía unos ojos verdes que resultaban impresionantes, de una mirada controlada e imperturbable.

Inolvidables.

Al instante, se acordó de la canción *Inolvidable* y se puso a tararearla ausentemente… hasta que se dio cuenta de que Conn la miraba sorprendido y dejó de hacerlo. Era una costumbre suya que a otros ponía nerviosos.

Conn se recuperó y se quedó mirándola expectante. Eve miró a su alrededor y abrió los brazos.

—¿Por qué quiere usted mi casa teniendo ésta?

—¿Por qué quiere una estrella de la televisión venirse a vivir a este lado de la isla?

Por cómo lo había dicho, Eve se puso a la defensiva inmediatamente.

—No sé si Baxter se lo comentaría, pero, por si acaso, se lo voy a decir yo. Toda la tierra de los alrededores es mía excepto el pequeño pedazo en la que está su casa.

—Menudo acaparador —murmuró Eve.

Conn levantó el mentón y señaló a través del ventanal. Eve siguió la dirección que marcaba y vio… su casa. Desde allí, se veían las luces del porche encendidas.

Al instante, sintió un tremendo amor por aquella casa que había comprado a pesar de que tenía humedades, la moqueta hecha un asco y los suelos destrozados.

Se giró con una gran sonrisa en el rostro hacia Conn, pero, al ver su expresión, se le borró rápidamente. De repente, comprendió todo.

–Mi casa le estropea la vista.

–Si fuera la vista que hay desde otra habitación, no me importaría, pero desde ésta me resulta intolerable –contestó Conn.

Eve frunció el ceño y recordó retazos de la conversación que había mantenido con el antiguo propietario. Al señor Baxter no le había caído bien su vecino en absoluto y había aceptado la oferta de Eve encantado de que el señor Todopoderoso, así lo había llamado, no pudiera hacerse con su casa.

¿Acaso Conner Bannerman quería demolerla?

–No es por nada, pero mi casa tiene sesenta o setenta años.

Conn no dijo nada.

–Si no le gustaba verla, ¿por qué construyó usted esta habitación precisamente aquí?

–Porque pensé que, obviamente, el viejo no iba a vivir para siempre –contestó Conn encogiéndose de hombros.

–No ha muerto, está en una residencia.

–Ya lo sé, señora Summers. En cualquier caso, eso no viene a cuento ahora, ¿no?

Eve prefirió ignorar que se dirigiera a ella de nuevo por su apellido de casada.

–Además, todo el mundo tiene un precio, ¿no? –lo desafió.

–Efectivamente. ¿Cuál es el suyo? –contestó Conn.

Eve intentó controlar el enfado que pugnaba por apoderarse de ella. La arrogancia de aquel hombre era tal que la atracción que había sentido por él unos minutos atrás quedó completamente borrada.

Eve había decidido ir a vivir allí para pensar qué quería hacer con su vida. Tenía veintiocho años, jamás había faltado un solo día al trabajo, pero ahora estaba en paro, divorciada y sin hijos. Tenía muy claro que necesitaba echar raíces en algún sitio, hacer repaso de su vida, saber exactamente qué había dejado atrás que, tal vez, quisiera recuperar.

Había un montón de cosas que habían surgido en ella desde que había dejado el trabajo y lo cierto era que se sentía profundamente agradecida de haber dejado la loca existencia de una presentadora de televisión.

Aquélla nunca había sido la Eve Drumm de verdad.

No iba a tolerar bajo ningún concepto que nadie la presionara.

–Señor Bannerman... –le dijo intentando fingir una dulce sonrisa.

–Conn –contestó él.

–Siento mucho que mi casa le resulte desagradable a la vista, pero los adultos tienen que aprender que no siempre pueden tener todo lo que quieren.

–Los adultos sabemos también el valor del dinero, sobre todo cuando estamos hablando de dinero que no requiere un trabajo a cambio.

–Aunque en estos momentos no estoy trabajando, mi casa no está en venta –insistió Eve con firmeza–. No me puedo creer que quiera tirar abajo mi preciosa casita por algo tan... caprichoso.

Conn se inclinó hacia delante. Ya no había rastro alguno de sonrisa en su rostro. A Eve se le antojó de repente que aquel hombre era un egoísta.

–Yo me puedo permitir perfectamente ser caprichoso. ¿Usted se lo puede permitir, Eve?

–Podríamos decir que no me falta el dinero.

–Dígame cuánto quiere.

Eve sintió que la furia se apoderaba de ella.

–No podría pagarlo.

Conn la miró furioso. Estaba intentando controlarse, pero era obvio que aquel hombre estaba acostumbrado a tener todo lo que quería en la vida.

Eve sintió que el corazón se le aceleraba, pero no era miedo ni aprensión. Era excitación en su forma más pura y aquello le preocupaba.

–Tengo pensado reformarla, pero, mientras tanto, le aconsejo que ponga unas persianas –le dijo poniéndose en pie–. Gracias por el café.

Su vecino se puso también en pie.

—No ha contestado usted a la primera pregunta que le he hecho. ¿Por qué una gran estrella de la televisión se viene a vivir a este lado de la isla?

Eve lo miró con desdén y se dirigió a la puerta. Aquello no había salido bien en absoluto. De espaldas a él, contestó:

—Yo no soy una gran estrella de la televisión, sólo soy una persona normal y corriente que quiere vivir en paz.

Dicho aquello, miró por encima del hombro y se sintió más fuerte ante la distancia que había entre ellos. Sin embargo, la distancia que vio en los ojos de Conn la deprimió.

—Siento mucho haberlo molestado. Había pensado que, al ser vecinos y no haber nadie más en varios kilómetros a la redonda... bueno, habría sido bonito tener a alguien a quien poder acudir en caso de emergencia.

—Los artistas de moda del pueblo seguro que la reciben con los brazos abiertos. Los que vivimos aquí arriba no somos tan amables —contestó Conn levantando el mentón—. En cualquier caso, tener una emergencia es aceptable y hablar de la oferta que le he hecho por su casa también es aceptable, pero presentarse en mi casa sin avisar no lo es.

Eve tuvo que hacer un gran esfuerzo para no cerrarle la puerta en las narices. Mientras bajaba la colina a oscuras, se le ocurrió que su vecino ni siquiera se había ofrecido a llevarla a casa en coche.

Por supuesto, no habría aceptado.

—Debo olvidarme de él —murmuró.

En cualquier caso, tenía cosas mucho más importantes en la cabeza. Por ejemplo, tenía que desbaratar unas elecciones y vencer a su enemigo de toda la vida.

# *Capítulo Dos*

Al ver a Eve hablando con el revisor del barco, Conn consideró la opción de bajarse del ferry, pero aquél era el último trayecto nocturno. Tenía que decidir entre tomarlo o quedarse a dormir en el sofá de la oficina.

Así que se deslizó sigilosamente hacia el lado opuesto de la embarcación, que estaba prácticamente vacía. Con un poco de suerte, podría bajar sin que lo viera. Tras sentarse, estiró las piernas, se subió el cuello del abrigo hasta las orejas y cerró los ojos.

Era consciente de que se había comportado con ella de manera arrogante. Eve había ido a su casa intentando hacerse amigos y él le había dado la espalda. Conn todavía recordaba cómo la había avergonzado.

¿Acaso había olvidado cómo comportarse con una mujer? No, más bien, había olvidado cómo comportarse con cualquier persona. Conn evitaba relacionarse con la gente. Incluso sus padres habían tirado la toalla. En el pasado, habían formado una familia feliz, pero actualmente se limitaban a hablar por teléfono una vez al mes.

Qué diferente había sido todo unos años atrás.

Durante todo el trayecto, estuvo escuchando la voz de Eve, una voz amable, cálida y llena de humor. Abrió los ojos ocasionalmente para mirarla y se dio cuenta de que nunca mantenía las manos quietas.

El revisor lucía una sonrisa de oreja a oreja.

Cuando por fin llegaron, Conn se bajó del barco sin mirar atrás. Suponía que Eve lo habría visto para entonces pues solamente eran unos cuantos pasajeros. Conn se encaminó a su coche y observó cómo Eve cruzaba la calle hacia la parada de taxis, que estaba desierta.

Maldición.

Eve y él eran las únicas personas que vivían en el otro extremo de la terminal de los ferrys. Al estar solamente a treinta minutos en ferry de la ciudad más grande de Nueva Zelanda, había mucha gente, los que se lo podían permitir, claro, que vivían en la isla de Waiheke.

Durante el verano, mucha gente iba a pasar allí el día, el lugar estaba llena de turistas que triplicaban la población real, y los hoteles, balnearios y hostales estaban completos, pero en aquellos momentos estaban fuera de temporada, así que era normal que no hubiera muchos taxis por la noche.

Conn apretó el volante con fuerza.

La mera idea de tener que llevar a alguien a casa lo paralizaba. Ya le costaba bastante conducir, pero se había obligado a hacerlo diciéndose que conducir era necesario para vivir en el siglo XXI.

Sin embargo, tener que llevar a otra persona lo llenaba de terror. Era por Rachel.

Conn tomó aire y se dijo que podría hacerlo. No era la primera vez que lo hacía, en realidad, pero, normalmente, le gustaba tener tiempo para prepararse, para hablar consigo mismo.

Era consciente de que no era capaz de montarse en su coche e irse a casa dejando sola a su vecina en mitad de una oscura y fría noche de otoño, así que puso su vehículo en marcha, cruzó la carretera, se paró junto a Eve y abrió la puerta del pasajero.

En un principio, le pareció que Eve le iba a decir que no porque tenía las mandíbulas apretadas. Sin embargo, tras echar un último vistazo a las desiertas calles, agarró su maletín y se montó en el coche.

–Muchas gracias.

Conn emitió un sonido parecido a un gruñido. Al hacerlo, inhaló algo que le recordó al limón. Inmediatamente, se dijo que debía relajarse pues se dio cuenta de que estaba apretando tanto el volante que tenía los nudillos blancos.

Le estaba empezando a doler la rodilla, lo que solía sucederle siempre que se encontraba en una situación tensa. Aquélla era la rodilla que se había destrozado en el accidente y que había dado al traste con su carrera como jugador de rugby, pero no había sido nada comparado con haber podido perder la vida.

–¿Ha estado trabajando hasta tarde? –le pregunto Eve por fin.

–He tenido una cena de trabajo –contestó Conn.

La carretera estaba mojada. Conn odiaba las carreteras mojadas.

–¿No tiene coche? –le preguntó a Eve en tono cortante.

–Sí, pero lo tengo en un garaje en la ciudad. He pensado en comprarme una moto para la isla.

–Es imposible ir en moto por estas carreteras –contestó Conn.

A continuación, se quedaron en silencio y se recriminó a sí mismo haberle hablado de manera tan abrupta.

Eve suspiró y echó la cabeza hacia atrás.

Conn no pudo evitar recordar que hacía un rato la había oído conversar y reír con el revisor.

–¿Qué tal su búsqueda de trabajo? –le preguntó Conn limpiándose el sudor de las palmas de las manos en el pantalón.

–Justamente hoy me han ofrecido uno que me ha interesado.

Conn la miró de reojo y le pareció que no estaba muy contenta con el trabajo.

–Se trata de media jornada, sólo unas cuantas horas desde casa –explicó Eve–. Le aseguro que no va a interferir con la reforma de la casa, por supuesto.

Conn apretó las mandíbulas. Si Eve tenía intención de renovar la casa era porque no tenía intención de venderla.

Parecía cansada, así que Conn decidió que no

era el momento de sobrecargarla hablando del tema de la casa.

–¿En qué consiste el trabajo?

–Voy a ser columnista de cotilleos –contestó Eve en tono divertido–. Increíble, ¿verdad? Voy a trabajar para *New City*.

Conn la miró con incredulidad.

–¿Columnista de prensa rosa?

–Sí, yo creo que va a ser divertido –contestó Eve a la defensiva.

–Lo que faltaba –murmuró Conn sacudiendo la cabeza.

Tras un largo silencio, Eve suspiró disgustada.

–¿Por qué no le caigo bien exactamente?

Aquello hizo que Conn diera un respingo. A continuación, se preguntó qué opinaría Eve si le dijera que le gustaba tanto que se había comprado una revista femenina en la que salía en portada.

–No la conozco lo suficiente como para formarme una idea sobre usted.

–¿Qué es? ¿Mi estilo a la hora de entrevistar?

A Conn siempre le había encantado su estilo entrevistando. La admiraba por cómo planteaba los temas y recordaba perfectamente que jamás le había visto utilizar la técnica de acoso y derribo que otros utilizaban. Ella se mostraba siempre entusiasmada y expresiva, sobre todo con las manos.

De repente, un conejo cruzó la carretera y Conn sintió que la adrenalina inundaba su sistema. Tuvo que hacer un esfuerzo sobrehumano para no frenar en seco. A continuación, se concentró en la carretera y en la respiración.

«Puedo hacerlo, puedo hacerlo», se dijo.

Conn sentía que todos y cada uno de los músculos de su cuerpo vibraban de tensión. Pasó un minuto. Cuando notó que se le había normalizado el ritmo respiratorio, carraspeó.

–Creo que es justo advertirle por mi parte, señora Summers, que para mí todo lo que tenga que ver con la maquinaria de los medios de comunicación es una porquería.

Eve suspiró exasperada y se quedó mirando por la ventana. Conn era consciente de que se iba a sentir mal por lo que había dicho, pero en aquellos momentos se sentía muy tenso y no había sido capaz de controlarse.

Cuando llegaron a casa de Eve, Conn se sintió tremendamente aliviado. Al parar el coche, estiró los brazos e hizo sonar todos los nudillos. Vio que Eve hacía una mueca de disgusto, pero le dio igual porque aquello le servía para relajarse.

–Aunque no seamos amigos, le doy las gracias por haberme traído –se despidió Eve–. Buenas noches, señor Bannerman.


¡Menudo cerdo arrogante!

Eve cerró la puerta de su casa con fuerza y, una vez dentro, puso la radio.

¡Menudo vecino!

Le parecía normal que en la ciudad los vecinos no

se ocuparan los unos de los otros, pero allí, teniendo en cuenta que solamente vivían ellos dos en varios kilómetros a la redonda, se le antojaba increíble.

Eve se sirvió una copa de vino, la primera que se tomaba desde el resfriado, entró en el salón y puso la televisión.

¿Por qué la odiaba Conner Bannerman? Por lo visto, le costaba hasta hablar con ella. Y pensar que lo encontraba atractivo... Eve entró en su dormitorio y encendió el ordenador. Obviamente, la atracción no era mutua.

Mientras se tomaba el vino, pensó que aquella bebida era el néctar de los dioses. A James y a ella les encantaba. Cuando vivía en Londres, cuidaban mucho aquel aspecto de su vida e incluso había llegado a tener una buena colección.

Eve se preguntó qué habría sido de ella después de su partida, después del aborto...

En aquel momento, sonó el teléfono. Eve frunció el ceño y miró el reloj. Resultó ser su amiga Lesley, una de las reporteras que trabajaba, que había trabajado, en su programa.

Aquello la puso de mejor humor porque, si se iba a dedicar a trabajar como columnista de cotilleos en un periódico, no había nadie mejor que Lesley para empezar ya que aquella mujer sabía todo lo que pasaba en la ciudad.

–¿Qué tal te está yendo, Les?

Lo peor de que la hubieran despedido había sido que aquella decisión había afectado a todo su equipo.

–Estoy bien, Evie. No te preocupes por mí, hay un montón de trabajo. ¿Y a ti qué tal te va la vida?

Mientras charlaba con su amiga, Eve encontró la tarjeta de visita que Conn le había entregado aquella noche y entró en la página web de su empresa. Mientras esperaba a que se abriera, le preguntó a su amiga si sabía algo de Conner Bannerman.

–¿Me estás hablando de Ice Bannerman? –contestó Lesley.

–¿Lo llaman «Ice»? –dijo Eve pensando que tenía el apodo muy bien puesto.

–Es un temerario. Jugaba al rugby en la selección de Nueva Zelanda.

Eve enarcó las cejas. Aquello explicaba el cuerpazo que tenía.

Nueva Zelanda era un país pequeño, pero tenía una de las mejores selecciones de rugby del mundo y allí los miembros de la selección eran reyes. Incluso los que ya no jugaban, pero habían jugado en el pasado.

–¿Y cómo es que yo no lo conozco?

–Porque fue hace diez o doce años.

–Ah, yo en aquella época estaba en el extranjero –recordó Eve.

Aquélla había sido la época de su vida en la que se había dedicado a trabajar como enviada especial en varias partes del planeta.

–¿Algo personal interesante?

–Mmm –contestó su amiga–. No creo que le gusten mucho las entrevistas.

«De eso, ya me había dado cuenta», pensó Eve.

–Es millonario y se ha hecho a sí mismo. Creo que hubo algo... un accidente, sí, eso es lo que acabó con su carrera de rugby. No estoy segura. Seguro que Jeff lo sabe. Le diré que te lo mire –añadió su amiga.

Jeff era su novio y editor de deportes.

–Escucha. Hay algo importante. ¿Has mirado tu correo electrónico? El contacto misterioso ha vuelto a mandar cosas.

Eve dejó la copa sobre la mesa y se apresuró a abrir su servidor de correo electrónico.

–Te ha enviado un par de fotografías –continuó su amiga.

Eve se quedó mirando la pantalla. Las fotografías no eran de buena calidad, tenían mucho grano y estaban desenfocadas, pero Eve se quedó mirándolas estupefacta. Lo que hizo que se le pusieran los ojos como platos no fueron las chicas esqueléticas, casi adolescentes, ni la opulencia del yate en el que estaban, sino los tres hombres de mediana edad en cuyos regazos retozaban.

Eve se apresuró a tomar papel y bolígrafo para escribir sus nombres.

Aquellos hombres eran muy conocidos.

Uno de ellos era un empresario de mucho poder, el segundo era el jefe de la policía y el tercero estaba en el consejo de la televisión pública para la que ella había trabajado hasta hacía muy poco tiempo.

–¿Ha dicho algo más?

–Me ha pedido tu número de teléfono, pero le

he dicho que, antes de dárselo, te lo tenía que consultar a ti. Me parece que quiere llamarte. También me ha dicho que siente mucho que te hayan despedido por su culpa.

Eve frunció el ceño. ¿Cómo sabía aquel hombre que la habían despedido? La versión oficial era que lo había dejado.

–También me ha dicho que te diga que no todo es siempre por dinero.

Eve se quedó pensando en aquello. ¿Cómo encajaba aquello con Pete Scanlon? Llevaba sin verlo desde que tenía quince años. La había sorprendido mucho cuando había hecho acto de presencia en la escena política de Nueva Zelanda seis meses atrás.

Nadie sabía nada de él, a todos les parecía un hombre progresista y carismático, guapo y expresivo. Según la gente, era un hombre lleno de vida.

Eve lo había invitado a su programa, pero él no había querido ir, perfectamente consciente de que Eve lo detestaba. Eve se había atrevido a hacer un comentario al respecto diciendo en el programa que, tal vez, tendrían que ir a su ciudad natal, situada en el sur y que también era la suya, a ver, ya que él no quería acudir a un plató de televisión, qué opinaban sus conciudadanos de él.

Poco después, la llamó un hombre de negocios que prefirió permanecer en el anonimato y le dijo que la asesoría fiscal de Pete había involucrado a varios hombres de negocios prominentes, entre los que se encontraba él, en asuntos oscuros destinados a evadir impuestos. Mientras intentaba persuadir al empresario anónimo para que le diera la lista de nombres, Eve le había propuesto a su jefe que investigaran el caso en una parte del programa. Su jefe se había negado en redondo, lo que había hecho que Eve se enfadara mucho y que la situación terminara con su despido.

A continuación, se había puesto enferma, se había mudado de casa y se había recuperado. Ahora parecía que Pete Scanlon tenía previsto zarandear la ciudad. Aquello podría ser mucho peor que lo que les había hecho a unas cuantas chicas de campo y Eve quería que todo el mundo supiera en lo que se estaban metiendo antes de votarlo.

–No le aguantas, ¿verdad? –le preguntó su amiga.

Eve tomó un trago de vino y lo saboreó bien para quitarse el mal sabor de boca que siempre le dejaba hablar de aquel hombre.

–Es una mala persona –contestó con convicción.

Lesley le dijo que, la próxima vez que llamara el empresario anónimo, le pasaría su teléfono. Eve se quedó mirando las fotografías que tenía en pantalla durante varios minutos y se preguntó qué querrían decir.

«No es siempre por dinero», recordó.

¿Qué tendrían en común un yate espectacular, chicas menores de edad y dos funcionarios gubernamentales con la evasión de impuestos?

Para empezar, que Pete Scanlon estaba involucrado en todo aquello. En aquel momento, la cabeza de Eve comenzó a trabajar a toda velocidad. Chantaje y corrupción. Sí, definitivamente el estilo de Pete Scanlon.

Rezando para que el empresario anónimo se pusiera en contacto con ella cuanto antes, Eve consideró sus opciones. La única arma que tenía era la columna de cotilleos. Lo primero que haría a la mañana siguiente sería ponerse en contacto con el equipo legal del periódico. No quería sobrepasar los límites y que, por su culpa, la publicación se encontrara con una demanda.

Eve apagó el ordenador con un objetivo muy claro en la cabeza: pararle los pies a Pete Scanlon.

Sus ojos se fijaron en la tarjeta de visita del presidente de Bannerman Inc. y, por segunda vez, la dejó caer al suelo diciéndose que tenía que olvidarse de Conner Bannerman.

# Capítulo Tres

Conn se paró en la mesa de su secretaria.

–Phyll, ¿tú lees el *New City*?

Su secretaria lo miró sorprendida.

–No, señor Bannerman.

Conn entró en su despacho y, mientras se quitaba la chaqueta, Phyll le dio los mensajes del día y se llevó el abrigo.

–Creo que he visto uno en la sala de espera.

Conn la miró confuso.

–El periódico. ¿Se lo traigo?

–Sí, gracias.

Una persona que no lo hubiera conocido habría creído que su secretaria era imperturbable. Sin embargo, hacía ya muchos años que trabajaba para Conn y él era capaz de saber cuándo estaba sorprendida porque arqueaba levemente las cejas.

No era de extrañar que se hubiera sorprendido porque él solamente leía la prensa de negocios y el *New City* era, más bien, un tabloide de entretenimiento y moda.

No podía dejar de pensar en Eve Summers. No había podido dejar de pensar en ella desde la última vez que se habían visto. Desde entonces, solamente la había vuelto a ver otra vez, una ocasión en la que Eve estaba metiendo leña en el cobertizo.

Por supuesto, no se había girado hacia su coche para saludarlo con la mano. Conn tampoco había esperado que lo hiciera.

No era que Conn estuviera buscando una justificación por haberse comportado de manera tan poco amable la otra noche, pero, si Eve supiera lo que le costaba llevar a una persona en coche a casa...

Phyll llamó a la puerta y entró, dejó el periódico en la esquina de su mesa y Conn fingió que estaba concentrada en el trabajo.

Seguro que Phyll sabía cómo pedir perdón a una conocida. Seguro que a Phyll le daría un infarto si se lo preguntara.

Una vez a solas de nuevo, Conn abrió el periódico y leyó. La primera noticia en la que se pararon sus ojos era del propio periódico.

*¡Tenemos nueva columnista de cotilleos y se trata, nada más y nada menos, que de Eve Drumm!.*

¿Cómo había podido caer tan bajo? Eve le había dicho que el trabajo le parecía divertido. ¿Hablar de los desaciertos y los malos momentos de los demás era divertido?

Conn apartó el periódico y volvió a concentrarse en el trabajo.

Tras una dura jornada, una vez en el ferry, lo abrió por fin y procedió a leer el ejemplar de cabo a rabo, dejando la columna de Eve para el final.

Craso error.

Si la hubiera leído al principio, habría podido controlar el enfado y no se habría presentado en casa de Eve completamente enojado. De haberla leído al principio, habría tenido tiempo de preguntarse si de verdad estaba tan enfadado o era la excusa perfecta para volver a verla.

—¡Maldita sea! —murmuró aparcando el coche.

A continuación, bajó del vehículo y se acercó a la puerta de casa de Eve. Mientras avanzaba, le parecía que le salía humo de las orejas.

Ya era suficiente con tener a una persona famosa como vecina. Le había oído poner música alta varias veces y suponía que las fiestas estarían a la vuelta de la esquina. Entonces, habría coches por todas partes y, sin duda, fotógrafos escondidos entre los arbustos.

Pero no terminaba ahí la cosa, no…

¡Para colmo, aquella vecina famosa era columnista de cotilleos, lo más bajo de lo más bajo!

Conn estaba furioso.

Eve abrió la puerta sorprendida ante los golpes que Conn estaba dando. Él no esperó a que lo invitara y entró saludándola con el periódico. Eve cerró la puerta y lo siguió a la cocina.

Conn golpeó la mesa con el periódico mientras ella apagaba la radio.

–Ha ido demasiado lejos.

Eve frunció el ceño y se acercó a la ventana para correr la cortina.

–¿Qué hace? –le preguntó Conn.

–He oído un trueno y me estaba preguntando dónde está el relámpago –contestó Eve con sequedad.

A continuación, volvió a poner la cortina en su sitio, se giró hacia él y se apoyó en la mesa.

Conn se quedó mirándola y tuvo que hacer un gran esfuerzo para no sonreír.

Maldición.

–Cuando mis abogados se pongan en contacto con usted no creo que todo esto le haga tanta gracia –le advirtió.

–Ah, ¿lo dice por la columna? –contestó Eve–. Qué gracia. No sabía que leyera usted las columnas de cotilleos.

–¡No las leo jamás! –exclamó Conn–. Esto... alguien me dijo que lo leyera.

Eve lo miró con cautela.

–¿Qué relación tiene usted con ese hombre?

–Para que lo sepa, mi empresa está financiando su campaña al ayuntamiento.

Eve dio un respingo y lo miró con el ceño fruncido.

–¿Económicamente?

–¡Por supuesto, económicamente! ¿Cómo iba a ser si no?

Conn era consciente de que siempre que estaba con aquella mujer sus reacciones eran extremas. Siempre que estaba con ella había ira, sospecha y confusión mezcladas.

También deseo.

–¿Se llevan bien?

–¿Qué quiere decir con eso de que si nos llevamos bien? Le estoy dando dinero para su campaña política. Lo hago porque necesito que gane y necesito que gane para poder hacer mi trabajo.

A pesar de que Eve había apagado la radio, Conn oía una ópera en la habitación de al lado y no podía pensar con claridad. Para colmo, Eve estaba a pocos metros de él, mirándolo con el mentón elevado en actitud desafiante.

De nuevo, mostrándose insufrible con ella, había conseguido ponerla a la defensiva.

–¿Me está diciendo que no son amigos? –insistió Eve.

–Apenas nos conocemos –contestó Conn con impaciencia–. Aun así, no pienso tolerar que lo haga jirones de esta manera.

Eve se encogió de hombros.

–Mis abogados han leído el artículo varias veces. Le aseguro que no encontrará ni una sola palabra en él por la que pueda demandarnos.

Conn se quedó mirándola intensamente.

–Me da la sensación de que se lo ha inventado todo.

–¿Ah, sí?

Conn pensó que o Eve estaba hablando en voz

más baja o la música estaba cada vez más alta. Lo estaba mirando con los ojos muy abiertos y con un brillo guasón en ellos. Estaba medio sonriendo y aquello lo enfurecía.

Sin embargo, se encontró pensando si aquellos labios seguirían sonriendo si los besara.

—¿Le importaría quitar esa maldita música? –ladró.

Aquello hizo que Eve dejara de sonreír, elevara los brazos al cielo y se dirigiera al salón. Conn la siguió y estuvo a punto de tropezar con los cubos de pintura que había en el suelo.

—Este intento de desacreditar a Scanlon en público es una farsa –apuntó gritando.

Eve se paró frente a la cadena de música.

—No, es cotilleo. Ya sabe, es hacer que la gente se entere de lo contentas que están las personas que tuvieron que vérselas con él antes de que este hombre haya decidido dedicarse a otras cosas.

Al ver que Eve no bajaba la música, Conn alargó el brazo para hacerlo él. La ópera dejo de sonar, pero el televisor que había en un rincón de la habitación seguía emitiendo.

—Su carrera periodística se ha ido al traste, pero no puede aceptarlo y necesita estar en el ojo del huracán. Todos sabemos que los periodistas se inventan cosas para llamar la atención –la acusó Conn.

—¡De eso, nada! –exclamó Eve sin dar un paso atrás.

–Entonces, señora Summers, ¿cómo es que no hay ni un solo nombre? Y, sobre todo, ¿por qué es usted la única en hablar de esto? –le espetó Conn señalándola con el dedo índice.

Eve no dudó en agarrárselo.

Conn no se lo podía creer.

Al entrar en contacto con ella, dio un respingo. Sí, sin duda, Eve lo había agarrado del dedo y se lo había apartado. En aquellos momentos, lo único que había entre ellos era aire y enfado.

En un movimiento rápido, Conn envolvió la pequeña mano de Eve dentro de la suya y entrelazó los dedos con los suyos.

Eve echó la cabeza atrás y tomó aire profundamente.

–Eso es, señor Bannerman, porque Scanlon cultiva amigos en esferas muy elevadas. Siempre lo ha hecho –contestó mirando con incredulidad sus manos.

Conn dio un paso al frente.

–¿De verdad, señora Summers?

–El periódico *New City* no es parte de su red de influencias y, por lo tanto, no puede comprarlo –le explicó Eve con la respiración entrecortada–. Por cierto, mi apellido es Drumm y no Summers –añadió.

Tenían las muñecas la una contra la otra y Conn sentía el pulso de Eve a toda velocidad.

–Perdón, señorita Drumm –dijo haciendo una inclinación de cabeza con aire burlón–. La publicación para la que trabaja actualmente es un periodicucho y es normal que el señor Pete Scanlon no tenga interés porque no creo ni que haya oído hablar de ella.

No había hablado en aquella ocasión con enfado pues estaba empezando a tranquilizarse al notar que Eve no se resistía a que la tuviera agarrada de la mano.

En lugar de protestar, estaba respondiendo de una manera completamente diferente. Cuando Conn vio que Eve le miraba la boca y se apresuraba a desviar la mirada, sintió que el corazón le daba un vuelco.

–Seguro que ahora sabe perfectamente qué periódico es –murmuró.

Conn estaba encantado de verla con la respiración entrecortada. A continuación, la agarró de la otra mano. Eve ahogó una exclamación de sorpresa y, en aquella ocasión, no pudo evitar quedarse mirándolo a los labios.

Conn se acercó un poco más y se inclinó sobre ella.

–¿Conn? –se sobresaltó Eve mirándolo con los ojos muy abiertos.

–Eve –contestó Conn besándola.

Fue un beso suave, pero firme. Al instante, Conn sintió cómo se evaporaban el enfado y la tensión y, con un suspiro, la atrapó entre sus brazos y la apretó contra su cuerpo.

Aquello era lo que había querido hacer desde que la había conocido.

Eve suspiró también e intentó zafarse de sus manos, pero Conn no se lo permitió. Para evitar que se le escapara, le apretó los dedos y le colocó las manos a la espalda, haciendo que Eve echara el pecho hacia delante y no pudiera evitar el beso.

Al sentir que sus lenguas entraban en contacto, Conn sintió una sensación parecida al éxtasis. Le pareció que Eve era el paraíso y se preguntó si ella estaría tan excitada como él.

Conn estaba realmente necesitado de contacto y aceptación. No era un monje y hacía mucho tiempo que no estaba con una mujer. Las raras aventuras que había tenido habían sido única y exclusivamente para llevar a cabo el acto sexual.

Jamás se había visto en una situación en la que estuviera implicada la necesidad ciega que estaba sintiendo en aquellos momentos y que lo estaba consumiendo.

Aquella situación se le antojaba de lo más extraña. Para empezar, porque era solamente un beso y porque Eve Summers y él ni siquiera se llevaban bien.

Conn comenzó a besarla más profundamente y sintió que el deseo se apoderaba por completo de él. Sintió que Eve lo besaba también y arqueaba las caderas hacia él. Aquella mujer lo estaba conduciendo hacia la locura y él se estaba dejando.

Cuando sintió que Eve le metía la lengua en la boca, le pareció que la habitación comenzaba a dar vueltas y se dio cuenta de que había llegado al punto sin retorno. Aquella mujer lo estaba llevando a un lugar del que, tal vez, no fuera capaz de volver.

Se separaron lentamente y se quedaron mirando a los ojos. Conn sentía que la boca le vibraba y que el cuerpo le dolía de deseo. Eve lo estaba mirando a los ojos como si fuera la primera vez que lo veía.

Conn dio un paso atrás y le colocó las manos por delante, sin soltárselas. Eve tampoco lo soltó. Conn tomó aire profundamente y volvió a percibir aquel olor a limón que acompañaba a Eve.

—Lo siento, esto no entraba dentro de mis planes —se disculpó.

A continuación, le apretó los dedos amablemente y le soltó las manos.

—Creo que ha quedado claro lo que he venido a decirte —añadió poco convencido.

Dicho aquello, se despidió con un movimiento de cabeza y se fue hacia su coche.


A Eve le gustaba caminar.

Siempre que se encontraba a solas y estaba preocupada, caminaba por la habitación hablando en alto, moviendo los brazos y las manos para dar énfasis a sus palabras.

Sin embargo, ya habían pasado varios minutos desde que había oído cómo se alejaba el coche de Conn y seguía de pie exactamente en el mismo lugar en el que la había dejado.

El deseo que la había envuelto de pies a cabeza estaba dando paso a una sensación de preocupación. No quería arrepentirse de haberlo besado. ¿Por qué arrepentirse de algo que le había gustado y que le había hecho recordar la alegría de ser mujer?

A Eve le encantaba aquella sensación de tener mariposas en el estómago, aquel vértigo que daba un poco de susto, sentir la sangre agolpándose en las sienes y la entrepierna húmeda.

Todo aquello era fantástico.

Sin embargo, ya había recorrido aquel camino.

Eve no se fiaba del deseo. El deseo la había conducido a casarse. Y también había sido, precisamente, el deseo, pero en aquella ocasión el de su marido por otras mujeres, lo que la había conducido al divorcio.

No, no estaba dispuesta a adentrarse de nuevo en una relación basada única y exclusivamente en lo físico.

–No hay que fiarse del deseo.

Aquél se iba a convertir en su mantra.

Aquella noche, lo recitó hasta que se quedó dormida y volvió a hacerlo cuando se despertó.

Había tomado la firme resolución de no volver a acercarse a Conner Bannerman a menos que... a menos que se le incendiara la casa.

Seguro que eso le encantaría.

Al día siguiente, el novio de Lesley le mandó toda la información que tenía sobre Conn, pero Eve la guardó en un cajón de la cocina, diciéndose que no era el momento de ponerse a rebuscar en el pasado de aquel hombre cuyo beso todavía estaba fresco en su boca.

Pasó los siguientes días siguiéndole la pista a Pete Scanlon. Así fue como descubrió que Grant, su antiguo jefe, también estaba involucrado con el candidato a alcalde. Vaya, a ella siempre le había caído muy bien su jefe. Siempre le había parecido un hombre amable, algo que no era muy normal en el mundo de la televisión.

Eve siempre había sospechado que no le había resultado nada fácil despedirla y era consciente de que la cadena había bajado la audiencia desde su marcha.

Aquello de que Pete Scanlon fuera amigo de dos de las personas más influyentes dentro de la televisión pública nacional hacía que Eve se preguntara si su despido no habría tenido algo que ver con él.

El empresario anónimo volvió a ponerse en contacto con ella y le hizo ver cómo estaban blanqueando dinero de manera sorprendentemente inteligente. Aquello dejó a Eve con la boca abierta. El Pete Scanlon que ella había conocido era un palurdo poco refinado.

Sin embargo, había puesto en marcha un sistema sencillo pero efectivo de explotar la zona gris que había entre no pagar impuestos y la evasión de impuestos.

Había sido entonces cuando el empresario anónimo le había empezado a hablar de chantaje. En aquel chantaje no solamente estaban involucrados hombres de negocios sino también políticos, policías y gente muy influyente de los medios de comunicación.

El sistema era muy simple... viajes en yates privados, con todo incluido, a saber, drogas, chicas, juego, todo lo que les apeteciera a los invitados.

Por supuesto, sin olvidar la cámara oculta.

–No es el dinero lo que busca Pete –le había dicho el empresario anónimo–. Lo que quiere es poder. Lo que quiere es dar una vuelta de tuerca más para tener siempre gente que le deba favores.

Sí, aquello entraba dentro de su estilo.

–¿Está usted dispuesto a dar la cara? –le había preguntado Eve sin demasiadas esperanzas.

–Yo solo, no –contestó el hombre–. Si todo esto salta a la luz, un par de personas irán a la cárcel y muchos de nosotros, yo entre ellos, tendremos que pagar multas millonarias y veremos nuestra reputación destrozada.

–Pero Pete Scanlon va a ganar las elecciones al ayuntamiento –le recordó Eve–. Benson ya está viejo y la gente quiere a alguien nuevo.

–Tiene usted tres semanas para hacer algo. De lo contrario, no habrá ni un solo policía, periodista ni político limpio en esta ciudad.

Eve se quedó petrificada al darse cuenta de que Conn debía de ser uno de los empresarios involucrados en el blanqueo de dinero. ¿Acaso el poco honorable candidato al ayuntamiento tendría algo con lo que chantajearlo?

Llevaba un par de días pensando en los recortes que le había enviado Jeff. Había decidido mantenerse alejada de Conn, pero, si su vecino estaba implicado en la red de blanqueo de dinero de Scanlon, era mejor estar preparada.

Eve abrió con manos temblorosas el sobre y procedió a dejar sobre la mesa los recortes para adentrarse en el pasado de Conn.

Eve oyó los neumáticos sobre la grava del camino de entrada.

–Uno –murmuró poniéndose en pie.

A continuación, escuchó que se cerraba una puerta.

–Dos –añadió tomando la copa de vino entre sus dedos.

Pisadas en el porche.

–Tres –murmuró sintiendo que el corazón comenzaba a latirle aceleradamente.

¡Bang! ¡Bang! ¡Bang!

–Cuatro –siguió contando mientras abría la puerta.

El trueno.

Eve sonrió con serenidad y le ofreció la copa de vino a Conn.

Conn se quedó mirándola alucinado.

–Pasa, hace frío –le indicó Eve.

Conn aceptó la copa.

–Vamos al salón. Tengo la chimenea encendida –añadió Eve girándose y avanzando por el pasillo.

Conn entró, cerró la puerta y la siguió.

Intentando mantener el control, Eve se acercó

a avivar el fuego y, a continuación, tomó su copa de vino y se la llevó a los labios.

Conn tardó veinte segundos en aparecer en el salón.

Eve le dio otro trago al vino y lo miró a los ojos. Había cuidado mucho su apariencia y no le importaba que Conn la estuviera mirando, pero estaba algo nerviosa.

Tras someterla a un buen escrutinio, probó el vino.

–¿Está bueno? –le preguntó Eve.

Conn asintió.

A continuación, Eve se quedó mirándolo mientras Conn se paseaba por la habitación. Eve pensó que parecía un animal salvaje marcando su territorio. Se paraba a menudo, estudiando todos los objetos: un tigre de madera, un torso desnudo que tenía, un par de fotografías familiares...

Cuando se giró hacia ella, se fijó en las velas que había en la mesa y también en la fuente de queso y aceitunas, en las diferentes salsas y en las tostadas de pan crujiente.

Eve tomó aire.

Era todo o nada.

Conn no la miró hasta no haber completado la inspección de la habitación. Fue entonces cuando se paró junto al sofá y con las cejas le pidió permiso para sentarse.

Eve asintió.

Al verlo sentado, le dio otro trago a la copa de vino y, a continuación, la dejó sobre la mesa.

–Veo que te has tomado molestias para que estuviera todo muy bonito –comentó Conn–. Vino, comida, velas –añadió mirándola.

«Tú», pensó recorriendo su cuerpo con la mirada.

–Ha sido un placer –contestó Eve.

–Tu columna.

Eve asintió. La segunda columna que había escrito era una manera de llamar su atención. No había sido aquél el único motivo, pero alguien tenía que dar el primer paso. Habían pasado cinco días desde que se habían besado y Eve pensaba que un hombre razonable no aparecía en casa de una, se enfadaba, luego la besaba y la ignoraba para terminar.

Conn frunció el ceño y se echó hacia atrás en el sofá, colocándose las manos en la nuca.

–Eve, no estamos hablando de cotilleos de vecinos. Esto es muy serio.

–Es muy serio.

–Estamos hablando de blanqueo de dinero y de chantaje. No puedes ir por ahí diciendo estas cosas sin tener pruebas.

–Tengo pruebas –contestó Eve–. Sé que cuento con el respaldo de mi confidente.

–Faltan menos de tres semanas para las elecciones –le recordó Conn–. ¿Tú crees que te van a respaldar antes de ese tiempo?

Eve se sentó en el suelo y se apoyó en la mesa.

–¿Te puedo hacer un par de preguntas sobre tu relación con Scanlon? Por favor, no te enfades conmigo. Simplemente, contesta. Es importante.

Conn asintió.

–La primera pregunta es ésta: ¿tienes negocios, me refiero a negocios ilegales, con la consultoría fiscal de Pete Scanlon? La segunda es: ¿está declarando las contribuciones económicas que tú estás aportando a su campaña electoral?

Conn abrió la boca para hablar, pero Eve levantó la mano para interrumpirlo.

–Hay una última pregunta. ¿Te está chantajeando?

El disco de Pink Floyd se había terminado y había saltado el siguiente, que era de rock duro. Conn hizo una mueca de disgusto, pero Eve no se movió del sitio porque quería verle bien la cara cuando contestara a sus preguntas.

–No, supongo que sí y no –contestó Conn muy seguro de sí mismo.

«Menos mal», pensó Eve.

No se había dado cuenta hasta aquel momento de lo importante que era para ella saber que aquel hombre era noble y honrado y que había llegado hasta donde había llegado con la integridad intacta.

Y era muy importante porque en aquellos momentos lo que había entre ellos no era solamente su casa, un beso y el asunto de Pete Scanlon. En aquellos momentos, Eve sabía sus secretos más íntimos y su pasado le había llegado al corazón.

Conn la estaba mirando con el ceño fruncido.

–¿Por qué no vienes a sentarte aquí conmigo y

me cuentas exactamente qué tienes en esa cabecita? –le dijo.

–Muy bien –contestó Eve.

–Pero, por favor, primero quita esa música –le suplicó Conn señalando la cadena de música.

Eve sonrió.

–Me encanta la música.

–Si a eso le llamas música, claro… –suspiró Conn–. Por cierto, ¿te has dado cuenta de que tienes la radio de la cocina a todo volumen?

Eve seleccionó unos cuantos CDs de música tranquila y bajó el volumen. A continuación, recuperó su copa de vino y se sentó en el sofá.

–Lo siento, es una costumbre –se disculpó acercándole la fuente de comida–. Mis padres eran sordos.

Conn la miró sorprendido.

–Lo primero que solía hacer mi madre cuando se levantaba por las mañanas era encender todos los equipos de radio y de televisión que teníamos. No quería que yo creciera en una casa demasiado silenciosa –añadió riéndose–. Y mi padre bailaba conmigo, bailábamos por toda la casa, intentando arrastrar a mi pobre madre con nosotros.

Conn probó las aceitunas.

–No te preocupes –se rió Eve–. La sordera no les impidió hacer una vida completamente normal. A mí, tampoco.

–Pero tú no eres sorda....

–No, no es genético. La madre de mi padre tu-

57

vo rubéola estando embarazada y mi madre tuvo meningitis con tres meses.

–Creía que tu padre...

–Sí, mi padre murió hace poco más de un año –le dijo Eve intentando apartar aquel doloroso recuerdo de su mente–. Mi madre sigue viviendo en Mackay, al sur –añadió mojando un trozo de pan en aceite.

Durante muchos meses había sido incapaz de pensar en su querido padre sin llorar. Desde que la habían despedido, había ido empezando a aceptar poco a poco el dolor y la injusticia de haberlo perdido tan pronto.

Jamás se perdonaría a sí misma haber tomado un solo día de vacaciones cuando había muerto.

Aquello era lo que solía hacer, esconderse en el trabajo para no encarar la vida, pero ya estaba harta de huir.

–¿Sabes hablar con las manos? –le preguntó Conn.

Sus palabras la sacaron de sus pensamientos y, sin darse cuenta, Eve dejó caer el pan en la mesa. Conn se apresuró a limpiar el aceite con una servilleta de papel.

–Gracias. Esto es también resultado de haberme criado con padres sordos. Soy increíblemente torpe. Es porque estoy acostumbrada a estar siempre atenta por si tengo que hacer señales con las manos rápidamente. Por ejemplo, por si mi madre iba a pisar el rabo al gato. Cuando sucedían cosas así, había que soltarlo todo y hacer el signo

–le explicó abriendo las dos manos–. Esto quiere decir «¡stop!».

Conn se reclinó en el brazo del sofá y sonrió.

Eve sintió que el corazón le daba un vuelco. Era la primera vez que veía una sonrisa en aquel rostro. Aquella sonrisa era de lo más prometedora y Eve se encontró pensando que podría quedarse mirándola toda la noche.

# Capítulo Cuatro

Conn se dio cuenta de que estaba sonriendo y de que, al hacerlo, al no estar acostumbrado, le tiraba de la piel de los pómulos y estaba incómodo.

Además, el hecho de estarse fijando en cómo el resplandor de las llamas se reflejaba en el pelo color caramelo de Eve y bailaba en sus pupilas era razón más que suficiente como para salir corriendo de allí.

«¡Qué cara de tonto debo de estar poniendo!», pensó.

Aquella mujer lo hacía sentirse incómodo porque estaba constantemente pendiente de ella o, por lo menos, de la respuesta que le provocaba. ¿Y a él que le importaba que sus padres hubieran sido sordos o que hubiera tenido una infancia dificilísima? Todo el mundo tenía problemas.

En aquellos momentos, su misión consistía en convencerla para que acabara con la guerra abierta que tenía contra el candidato a la alcaldía y no recordar lo maravilloso que había sido sentirla entre sus brazos.

Conn se mojó los labios, pues los sentía secos, y recordó la textura y el sabor de la boca de Eve. Exasperado, se puso a mirar a su alrededor.

Eve Drumm era peligrosa.

Lo había preparado todo con mucho cuidado para seducirlo. Las velas, la chimenea y el vino. Lo había estado esperando. Se había puesto una camisa muy sugerente en colores dorados y un pantalón oscuro; desde luego, no era aquello lo que Conn suponía que se ponía para estar en casa una mujer que vivía sola.

Además, llevaba unos pendientes de diamantes, tenía el maquillaje perfecto y el vino era caro. Conn pensó que debería sentirse halagado, pero se sentía molesto y lo peor de todo, era que quería besarla.

Así que se apresuró a sacudir la cabeza, acercarse hacia la mesa y mojar un trozo de pan en una de las salsas.

–¿Y cómo se lleva que tus padres sean sordos?

Eve se lanzó a contárselo con una gran sonrisa y sin parar de mover las manos, lo que llamaba poderosamente la atención de Conn. Ahora entendía que tarareara y que tuviera tanta expresión en las manos.

–Tuve una infancia maravillosa.

Así fue como le contó que vivía en un pueblo pequeño en el que todo el mundo se conocía. Sus padres se llevaban bien entre ellos y trabajaban mucho para que a su hija no le faltara de nada.

–En un par de ocasiones me tomaron el pelo

en el colegio por ser hija de sordos, pero lo llevé bien porque me habían educado para asimilarlo con naturalidad.

Por lo que Eve le contó muy orgullosa, su padre era un diseñador de implantes de oído de renombre internacional. Por lo visto, era un trabajo muy arduo para el que se requería mucha concentración, pero que les permitía vivir muy bien y, gracias al cual, su madre se había podido permitir el lujo de no trabajar.

–Como te he dicho, se trataba de una población pequeña y, como todas las poblaciones pequeñas, en la mía también había una persona más importante que las demás. Esa persona en Mackay era el padre de Pete. Era juez. Tenía a todo el mundo en el bolsillo. Su hijo hacía lo que le daba la gana y nunca le pasaba nada. A él nunca le pasaba nada porque los demás pagaban por él.

Conn se percató de que la copa de Eve estaba casi vacía, así que se puso en pie y agarró la botella, llenando ambas copas antes de sentarse de nuevo en el sofá.

–Pete debe de ser unos diez años mayor que yo. Yo tenía once años cuando él ya tenía un coche alucinante con el que él y sus amigos se pasaban todas las noches de los viernes y de los sábados haciendo carreras por la carretera. Había habido varios accidentes, pero la policía nunca había ido a por él porque sabía quién era su padre.

A continuación, Eve le contó cómo una noche de lluvia en la que su padre volvía a casa tan tranquilo tuvo la mala suerte de pasar exactamente por el mismo lugar en el que los chicos habían estado minutos antes. No pudo controlar el coche, que se deslizó sobre el aceite, y se chocó contra un árbol.

–Tuvo suerte de salir vivo de aquella –le dijo Eve–. A causa del accidente, se perforó un pulmón y se dañó la mano derecha de manera irreversible. Además, se fracturó el cráneo y sufrió daños cerebrales. Todo cambió a partir de entonces.

Conn se echó hacia atrás. Apenas respiraba. Él mejor que nadie sabía lo que un accidente de coche podía suponer en la vida de una persona.

–Mi padre se recuperó bastante bien, pero la lesión cerebral le impedía realizar su trabajo porque ya no era capaz de concentrarse durante mucho tiempo. En cualquier caso, aunque no hubiera sufrido lesiones cerebrales, no habría podido seguir trabajando a causa de cómo le había quedado la mano. Su ánimo comenzó a decaer y se volvió una persona triste y malhumorada. No volvió a reír. No podía soportar no ser capaz de mantenernos como antes.

Conn se preguntó qué habría sido de la estrella de la televisión en aquellos momentos y sintió una gran admiración por ella ante su sinceridad.

–Las cosas empeoraron –continuó Eve–. Mi padre no estaba dispuesto a dejar que los demás se apiadaran de él, así que intentó encontrar trabajo, pero a causa de su edad, de su sordera y de su mano... al final, lo único que le dieron fue un puesto de barrendero en la pista de patinaje sobre hielo –añadió con mucha pena–. Mi padre, que había sido un hombre brillante y feliz, se veía reducido a aquello.

Conn asintió con compasión. Él también sabía lo que era ver cómo el amor por la vida de su padre se borraba de su rostro. La diferencia era que, en su caso, él había sido el responsable.

–A consecuencia de las facturas médicas y, como cada vez teníamos menos dinero, las cosas se fueron complicando. De adolescente, por supuesto, quería tener las mismas cosas que mis amigas, música, ropa, maquillaje, pero nosotros no teníamos dinero suficiente. Así que me puse a cuidar niños. Para entonces, Scanlon se había casado y tenía un pequeño de unos dos años. Una noche, fui a cuidarlo. Si mi padre se hubiera enterado, me habría matado. En cualquier caso, Pete insistió en llevarme a casa a pesar de que había estado bebiendo. Intentó abusar de mí. Olía a whisky. Ese olor todavía me pone mal cuerpo.

Conn se dio cuenta de que estaba apretando las mandíbulas con tanta fuerza que le estaban comenzando a doler los dientes.

–No lo denuncié porque no quería que mis padres se enteraran de que había ido a cuidar a su hijo –suspiró Eve–. Así que, una vez más, se salió con la suya. No tuvo que pagar por lo que había hecho.

Eve se quedó en silencio mientras Conn luchaba con su furia. Pensar que Scanlon le había puesto las manos encima a Eve, a una adolescente asustada, le hacía sentir náuseas.

De repente, se le ocurrió que todo aquello era absurdo porque, por muy mala persona que fuera Scanlon, él lo necesitaba y lo que tenía que hacer no era apiadarse de Eve sino convencerla para que no fuera a por el futuro alcalde.

—Lo siento mucho —sonrió con compasión.

Eve se encogió de hombros.

—Eso no es nada comparado con otras cosas que hizo.

—¿Cuándo fue la última vez que lo viste?

—En aquella ocasión.

—A lo mejor, ha cambiado.

—¡Sí, claro! Hace tres o cuatro años, justo antes de que volviera del Reino Unido, salió elegido alcalde de Mackay. Por lo visto, las elecciones estaban amañadas. Nadie en mi ciudad lo aguanta, más bien, todo lo contrario, pero entre él y su padre consiguieron salirse con la suya. Lo primero que hizo fue cerrar la pista de patinaje y dejar al treinta por ciento de la población en el paro.

—Incluyendo a tu padre —recapacitó Conn—. Siento mucho lo que tuviste que soportar a aquel hombre y entiendo que no sea santo de tu devoción, pero es agua pasada, Eve. Me parece que estás dejando que el disgusto que te produce su persona te nuble la razón.

—¿Acaso no has leído mi columna? —exclamó Eve—. A lo mejor, para ti no soy más que una columnista de cotilleos, Conn, pero te aseguro que sé dónde hay corrupción. La huelo.

—Esta ciudad necesita cambios. El clima actual

es intolerable para los negocios. Sobre todo, para el mío.

—¡Te estoy diciendo que ese hombre no tiene moral ni ética!

La pasión con la que lo había dicho le sorprendió. Eve había lanzado las manos al aire y sus ojos echaban chispas. Conn sintió envidia ante la facilidad con la que aquella mujer expresaba sus emociones. Él estaba acostumbrado a guardárselas porque se sentía más cómodo así.

—Mira, lo que ese hombre haga en su vida privada no me importa lo más mínimo. Yo necesito que sea alcalde. El ayuntamiento que hay ahora está dando al traste con mi estadio.

—Pero si todo el mundo quiere que construyas ese estadio —protestó Eve.

—Sí, la gente de la calle, sí, pero no cuento con el apoyo del alcalde y, por lo tanto, tampoco cuento con el apoyo del ayuntamiento. Llevo meses esperando la licencia y las inspecciones y trámites que normalmente se realizan en unos cuantos días.

—Y Scanlon te ha dicho que te va a ayudar, ¿verdad? Es lo que hace siempre. Te promete el mundo y te hace pagar por ello.

—Yo ya estoy pagando. Le estoy dando dinero para su campaña.

—Lo siento mucho, pero tengo que jugar mis cartas. La gente de esta ciudad merece saber dónde se está metiendo. Esta vez, Scanlon se ha metido en algo muy grande y aquí su padre no va a poder protegerlo.

Conn dejó su copa de vino sobre la mesa.

–Hay que considerar asuntos más importantes.

Eve lo miró enfadada.

–Distánciate de él, Conn. Mi fuente está empezando a dar nombres. Cuando caiga, y caerá, se va a llevar a unos cuantos por delante.

–Pareces muy segura de ello.

En aquel momento, un leño que estaba prácticamente quemado por completo cayó de la chimenea al suelo. Conn se apresuró a ponerse en pie y a volverlo a meter en la chimenea con ayuda del recogedor. Mientras tanto, Eve se dedicó a recoger las brasas que habían quedado sobre la alfombra.

–Gracias –le dijo a Conn con una gran sonrisa.

Dejó de sonreír al ver que Conn se quedaba mirándola intensamente. Estaban muy cerca de la chimenea y el calor se apoderó de ellos por completo, haciendo que Conn pensara que aquella situación se estaba volviendo muy complicada porque aquella mujer le hacía desear lo que no podía tener.

Por eso, lo mejor sería que estuvieran bien distanciados, cada uno a un lado de la valla, tanto política, como físicamente.

–Vas a tener que arreglar la chimenea –le aconsejó.

Eve puso los ojos en blanco.

–La chimenea y la casa entera. En cuanto arreglo algo, descubro otra cosa más.

–Si quieres, le digo a una cuadrilla de obreros que venga a echarte una mano. Mientras espero la decisión del ayuntamiento, tengo a mucha gente cruzada de brazos.

Eve lo miró divertida.

—¿Eso quiere decir que ya no quieres que me vaya del barrio, vecino?

Estaban a menos de cuarenta centímetros y Conn tuvo que apretar los dedos en un puño para no alargar la mano y tocarle el pelo.

—Lo que estoy haciendo es proponerte un alto el fuego, hasta que decida qué hacer con esta loca necesidad que tengo de besarte todo el tiempo.

Eve se acercó a él y le puso la mano en el brazo. Era evidente, por cómo lo estaba mirando, que apreciaba su sinceridad y aquello hizo que Conn oyera campanas de alerta.

Intentando controlarse, miró a su alrededor. Al ver las velas, el vino y la ropa que Eve se había puesto, se dio cuenta de que lo tenía atrapado.

—¿De verdad te parece una locura? —le dijo Eve con voz seductora.

Lentamente, Conn le tomó el rostro entre las manos, le levantó la cara y la besó. Fue un beso sorprendentemente breve y Conn ni siquiera cerró los ojos. Sin embargo, lo que había comenzado como una lección corría el riesgo de convertirse en otra cosa.

Durante un microsegundo, Conn pensó en tener un gesto tierno con ella, pero apartó aquella idea de su mente con determinación. Vio cómo Eve lo miraba confusa y, a continuación, cómo comprendía lo que había sucedido. Muy bien, aquella mujer aprendía rápido.

–Cuando, y si, decido besarte, será con mis condiciones –le advirtió Conn–. Ten mucho cuidado, Eve –le advirtió.

Y aquella advertencia no tenía nada que ver con la campaña de difamación que había emprendido contra Pete Scanlon.

«¿Dónde estará?», se preguntó Conn al cabo de unos días.

Tras llamar a la puerta por última vez, se quedó mirando el camino, como si aquello fuera a hacer que Eve se materializara. A continuación, se quedó mirando el buzón, la razón de su enfado.

Era un buzón era de piedra labrada imitando madera. Era de Jordache, uno de los artistas más conocidos de la isla. Conn había pasado un día por su estudio y había pensado en Eve.

Sabía que le gustaba aquel escultor porque había visto un torso desnudo suyo en el salón de su casa, así que le había comprado el buzón, había acordado que fueran a instalarlo y había esperado a que lo llamara para darle las gracias.

Pero no lo había llamado. A lo mejor, tenía tantos admiradores que no se había dado cuenta de que la cara escultura era un regalo de bienvenida de su vecino.

A Conn se le había ocurrido entonces llamarla por teléfono, pero luego pensó que, al ser una persona famosa, su número no figuraría en la guía.

Al día siguiente, se percató de que no había luz en su casa. Tampoco salía humo de la chimenea ni se oía la música a todo volumen, lo que hizo que Conn se paseara por su casa preocupado.

Por fin, cuatro días después de que le instalaran el buzón, Eve se dignó a llamarlo.

–¿Tienes algo que ver con esa maravillosa obra de arte que me he encontrado en la puerta de mi casa? –le preguntó.

Conn estaba tan irritado que estuvo a punto de decirle que no sabía de qué le hablaba. Eve siguió con la conversación en su acostumbrado estilo animado. Conn se puso en pie y apagó la radio para poder oír bien su voz. Para cuando Eve hizo una pausa para tomar aire, Conn se dio cuenta de que estaba sonriendo sin saber por qué.

–Me encanta Jordache –dijo Eve con énfasis–. ¿Cómo sabías que me gustaba? Claro, supongo que verías el busto que tengo en casa. No sé si voy a poder aceptar ese maravilloso regalo.

–Creo que no vas a tener más remedio porque lo han instalado con hormigón –contestó Conn con una sonrisa–. Además, tu antiguo buzón era un desastre.

–Sí, ¿verdad? Oh, Conn, es el mejor regalo que me han hecho en la vida. No sé cómo darte las gracias. ¿Te apetece venir a cenar a mi casa? –lo invitó–. Ay, perdona, ya te estoy agobiando otra vez –se disculpó al instante.

Conn echó la cabeza hacia atrás al recordar lo que le había dicho la última vez que se habían visto. El silencio no parecía desanimarla, ya que Eve se lanzó a explicarle lo ocupada que había estado trabajando en la ciudad y reformando la casa.

El domingo, Conn decidió dejar de fingir que estaba trabajando y se acercó a casa de Eve. Al llegar, vio que el buzón de bronce brillaba bajo el sol de la mañana.

Eve abrió la puerta ataviada con unos pantalones manchados de pintura y una camiseta de manga larga de color melón.

Parecía una niña de doce años. Conn tuvo que hacer un gran esfuerzo para no devolverle la sonrisa.

–Tengo un par de horas libres –anunció Conn–. Te puedo ayudar a pintar, si quieres.

Eve se quedó mirándolo con la boca abierta.

–Sé pintar –añadió Conn en tono cortante.

–Sí, es que… bueno, perfecto. Genial. Lo malo es que no tengo ropa vieja para dejarte.

–Entonces, tendré que tener cuidado.

–Por aquí –le indicó Eve guiándolo por el pasillo.

Al entrar en la estancia, Conn comprendió que se trataba de su dormitorio. Era una habitación pequeña y la mayor parte del espacio estaba ocupado por una enorme cama. Las puertas del armario eran de espejo y no había otros muebles salvo una mesilla y una descalzadora bajo la ventana.

Otra puerta comunicaba con el baño. Mirara

donde mirara, Conn se veía reflejado en el espejo y se veía a sí mismo, a Eve y la cama.

–Bonitos colores éstos que has elegido –murmuró preguntándose qué demonios estaba haciendo allí.

De todas las habitaciones que había en aquella casa, ¿por qué demonios tenía que estar Eve pintando su dormitorio?

Al mirarla a la cara, comprendió que Eve debía de estar pensando algo parecido. Dos paredes y el techo tenían ya una fina capa de pintura color mantequilla y el resto de la habitación estaba ya preparada para pintar.

–Ojalá hubieras venido ayer –comentó Eve–. Casi me dejo los brazos pintando el techo.

Conn aceptó la gorra que Eve le entregaba y se puso manos a la obra. Mientras pintaba, la miró un par de veces por el espejo y la pilló mirándolo, lo que hizo que Eve se sonrojara de pies a cabeza.

–Estás diferente vestido con ropa de calle –comentó a modo de excusa.

–Tú tampoco te pareces mucho a la Eve Summers del Canal 1 –contestó Conn–. No digo que no me esté gustando lo que veo, ¿eh?

Aquello hizo que Eve se volviera a sonrojar. A continuación, trabajaron un buen rato en silencio, de espaldas el uno al otro, pero, aun así, Conn la seguía viendo a través del espejo y no pudo evitar pensar que era una pena que no fuera verano. De haberlo sido, seguro que habría podido ver algo más de su cuerpo.

***

Eve resopló impaciente porque un mechón de pelo le estaba importunando. Tenía calor y no podía parar de preguntarse por qué no había pintado su habitación dos días atrás, cuando había hecho el baño.

En cualquier caso, se alegraba de ver a Conn.

La última vez que se habían visto se habían despedido de manera un tanto extraña, pero el generoso regalo y el hecho de que se hubiera presentado en su casa le sugería que estaba interesado en tener algo más con ella.

—¿Cómo empezaste a trabajar en televisión? —le preguntó Conn de repente.

—Por casualidad —contestó Eve—. En realidad, yo estaba buscando trabajo en el equipo de producción, pero mi cara les gustó y, desde el principio, me llevé muy bien con mi jefe.

—¿No era lo que siempre habías querido hacer?

Eve negó con la cabeza.

—Estudié periodismo en la universidad y comencé a trabajar por casualidad en producción mientras viajaba por Europa del Este. Siempre me ha gustado esa parte del periodismo. Ya sabes, decidir los contenidos, hacer un poco de edición, organizar los alojamientos, los conductores y esas cosas.

Conn estaba en aquellos momentos subido a una escalera y Eve se fijó en que tenía un trasero maravilloso, sobre todo en vaqueros. Pensó que, si desplegara las alas, tendría la envergadura de un buitre y, como llevaba la camisa remangada, se fijó también en que estaba bastante bronceado.

Al instante, se le ocurrió mancharle la camisa para que tuviera que quitársela, lo que hizo que sintiera de nuevo un increíble calor.

A Conn le parecía que en aquella habitación la temperatura estaba subiendo por momentos.

Eve apartó la mirada. No se consideraba una mujer especialmente sensual, así que pensaba que no había muchas posibilidades de tener dos relaciones sexuales explosivas en la vida y de que, además, una de ellas funcionara.

«No debo fiarme del deseo», se recordó.

—¿También te casaste por casualidad? —le preguntó Conn.

Eve sintió que el corazón se le aceleraba. Así que Conn quería pasar a hablar de cosas personales. Eve sabía que era peligroso, pero le gustó la idea.

—Así es. Nos conocimos en Kosovo. Él trabajaba… bueno, trabaja… para la BBC. Yo era la productora.

—¿Y qué os ha pasado?

—Hemos cambiado —contestó Eve—. Bueno, yo he cambiado. Él no ha cambiado. Ya era un ligón empedernido cuando nos conocimos y sigue siéndolo.

—Continúa —le pidió Conn con interés.

—Yo me fui a Inglaterra porque quería establecerme, echar raíces, un hogar. Allí, comencé a trabajar en un espacio matutino y me compré una casa, pero mi marido prefería estar en el campo de batalla. No podía dejarlo. Yo debería haberme dado cuenta antes. Venía a casa cada tres o cuatro semanas, pero al cabo de poco tiempo comencé a oír rumores.

–Y decidiste volver a Nueva Zelanda.

–No, me rogó que lo perdonara y lo perdoné de buena gana la primera vez.

–¿Y cuántas veces más?

Eve se encogió de hombros.

–Dos o tres.

Ya no le dolía hablar de aquello. El verdadero dolor se había producido entre ellos después de las primeras semanas de tórrido amor que habían sucedido a las discusiones. Se quedó embarazada y no era lo que tenía en mente. Fue un accidente, el fruto del deseo.

No hacía falta que Conn supiera eso.

–Creo que me quería a su manera. Me siguió hasta aquí y volvimos a intentarlo, pero Nueva Zelanda es mucho más pequeña y los rumores se oyen más alto.

Nada más haber dicho aquello, Eve pensó que no debería haberlo hecho porque era obvio que Conn lo sabía por experiencia propia.

–Es agua pasada. Me la jugué, aposté y no me salió bien.

–¿Te gusta apostar?

–Me parece que hay que darle a la gente el beneficio de la duda.

–A mí me parece que tres veces es más que suficiente. Es casi de sadomasoquista.

Aquello hizo sonreír a Eve. Seguramente, Conn tenía razón.

–¿Y cómo es que tu generosidad no se extiende a Pete Scanlon?

–¡Porque ese hombre es un canalla! –exclamó Eve.

–Desde luego, cuando estás convencida de algo, no hay quien te convenza de lo contrario –sonrió Conn.

Eve se relajó y se dijo que no iba a permitir que Pete Scanlon le estropeara el día.

–¿A ti te gusta apostar?

Conn se giró.

–Yo creo que lo sabes perfectamente.

–¿Por qué lo dices?

–Porque eres periodista. Creía que vuestro principal objetivo es meter las narices en las vidas de los demás.

El que había comenzado a hablar de la vida personal de cada uno había sido él al preguntarle por su matrimonio, así que Eve decidió dar un paso más.

–¿Qué quieres oír? Si yo no tengo vida privada, me dedico única y exclusivamente al estadio –se quejó Conn.

–Vaya, esa historia me suena. Yo también me he hartado de trabajar para no tener que pensar en nada más. Resulta que, a raíz de dejar la televisión, he empezado a darme cuenta de que ha llegado el momento de enfrentarme a ciertas cosas.

Conn no contestó.

Una hora y media después, habían terminado de pintar. Conn se ofreció a ayudarla a colocar la cama y, aunque a Eve no le hacía ninguna gracia, así lo hicieron. De repente, se encontraron con la cama entre ellos.

Eve se apresuró a desviar la mirada, pero no pudo evitar fijarse en que las pupilas de Conn estaban completamente dilatadas.

«¡No te fíes del deseo!».

Eve tragó saliva.

–Te debo una. ¿Qué te parece si te invito a comer? Mi coche se muere por volver a tierra firme.

Eve pensó que, si conducía ella, Conn no se negaría, pero, por un instante, tuvo la sensación de que se iba a negar. Al final, asintió.

–¿Dónde me puedo lavar las manos?

# Capítulo Cinco

Eve condujo hasta el puerto y allí comieron.

Lejos de los confines de su habitación, la tensión sexual se redujo entre ellos, volviendo a hacer gala de presencia única y exclusivamente cuando se quedaban en silencio.

Menos mal que Eve era maravillosa encontrando temas de conversación.

A Conn no le hizo mucha gracia a que una seguidora los interrumpiera.

–La he echado mucho de menos en televisión. ¿Cuándo va volver? –le preguntó la mujer a Eve.

Dándose cuenta de la expresión de Conn, Eve mantuvo con la mujer una conversación amable, pero breve.

–¿Te suele pasar esto a menudo? –le preguntó Conn una vez a solas de nuevo.

–Concederles a los televidentes un par de minutos de mi tiempo no me importa.

Conn no parecía muy convencido.

–¿Por qué te molesta?

–Porque me parece de mala educación. Sería

mejor que te escribieran una carta –sugirió en tono cortante.

Por supuesto, Eve comprendía su reacción porque conocía su pasado, pero no estaba dispuesta a permitir que algo tan trivial les estropeara el día.

–¿Lo dices porque tengo el buzón más bonito del mundo?

Conn no pudo evitar sonreír.

Al verlo sonreír, ella también sonrió.

–¿Te molestan ese tipo de actitudes porque te sientes dado de lado?

Conn negó con la cabeza.

–Puedo vivir sin ese tipo de atenciones.

–Tal vez puedes vivir sin ningún tipo de atenciones.

–Tal vez –contestó Conn mirándola divertido, pero alerta.

Eve no veía razón alguna para esconder su interés.

–Hemos hablado un poquito de mí. Háblame ahora de ti –le dijo.

–Puede que no sea el tipo encantador, simpático e interesante que tú crees que soy –contestó Conn.

–Desde luego, estamos de acuerdo en lo de interesante –murmuró Eve.

Conn la miró con candidez.

–Te voy a decir una cosa. Me gustaría saber mucho más sobre ti.

Eve sintió que el corazón se le aceleraba.

–Vaya, por fin, tenemos algo en común –contestó Eve levantando su copa para brindar–. Por algo... personal.

Conn se echó hacia atrás en la silla y cruzó las piernas.

–Desde luego, eres testaruda, ¿eh?

–Has empezado tú –le recordó Eve con una sonrisa–. Te dejo que comiences a hablar cuando tú quieras.

–Gracias.

Tras unos segundos en silencio, Eve no pudo más. Conn acababa de admitir que le gustaba y que quería saber más sobre ella y lo cierto era que ella también quería saber más sobre él.

–¿No conduces por el accidente?

Conn dejo de sonreír.

–¿No habías dicho que podía empezar a hablar cuando quisiera?

Eve apoyó los codos en la mesa y se quedó mirándolo. Sí, era una mujer muy curiosa e impaciente.

–Sí conduzco. No me gusta especialmente y prefiero no llevar a nadie, pero, si no me queda más remedio, lo hago, como pudiste comprobar el otro día en tus propias carnes –contestó Conn–. ¿Algo más?

Eve asintió.

–¿Has vuelto a tener alguna relación seria desde el accidente?

Conn no la miró, se limitó a tamborilear con las uñas en el lateral de su copa de cristal.

–Si lo que me estás preguntando es si mi cuerpo funciona perfectamente desde el accidente, me parece que no te voy a contestar –le dijo mirándola a los ojos–. No quiero estropearte la sorpresa.

Cualquier otra persona, ante el tono helado de su voz, habría salido corriendo, pero Eve aguantó el chaparrón.

–No te estaba preguntando por eso concretamente –se defendió.

–Te voy a contestar a la pregunta que me has hecho. Después del accidente, sólo he tenido una relación y no duró mucho. Me dijo que era un hombre frío y sin sentimientos.

Eve se relajó un poco porque, durante unos segundos, había creído que había estropeado todo.

–¿Te molestó?

–¿A qué te refieres, a que me dejara o a lo que me dijo?

–A las dos cosas.

Conn negó con la cabeza y Eve se sintió tremendamente aliviada. Entonces, se sonrieron y algo sucedió entre ellos. Un alto el fuego. Habían aceptado su mutua atracción y eventos pasados de sus vidas que no podían cambiarse.

–Vamos a ver tu estadio –dijo Eve agachándose y recogiendo su bolso.

–Hoy es domingo y no habrá nadie trabajando. Estará cerrado.

–Pues lo vemos por fuera.

Para cuando llegaron allí, las nubes habían tapado el sol, así que se pusieron las cazadoras porque hacía viento y caminaron lentamente alrededor de la inmensa estructura.

Conn le explicó orgulloso la obra que quería hacer, le habló de los setenta y cinco mil asientos de vanguardia y del techo completamente abatible. Eve no estaba especialmente familiarizada con el mundo de rugby, pero le pareció un estadio maravilloso.

–¿Por qué te dedicas a la construcción? –le preguntó.

Le parecía curioso que un deportista se hubiera pasado a la construcción.

–La mayor parte de los deportistas cuando lo dejan se dedican a ser entrenadores o a escribir libros.

Conn se encogió de hombros.

–Tenía un dinero ahorrado y quería hacer algo con él. Después del accidente, compré una constructora en apuros y le di la vuelta.

–Hace tres o cuatro años te nombraron empresario del año –recordó Eve–. ¿Por qué no fuiste a recoger el premio?

–Porque no lo acepté. Así de simple.

–¿Cuánta gente trabaja para ti?

–No tengo ni idea. Cientos –contestó Conn levantándose el cuello del abrigo.

–¿Dónde tienes el despacho?

–En la ciudad.

–¿Dónde?

Conn la agarró de los hombros, la giró hacia la ciudad y señaló un lugar con el dedo. Por Eve, como si hubiera estado señalando la luna, porque al tenerlo tan cerca no podía ni pensar con claridad.

Eve tuvo que hacer un gran esfuerzo para no echar la cabeza hacia atrás y apoyarla en su hombro. Conn no quería que le metiera prisa, quería llevar él las riendas.

Así que volvieron al coche. Eve iba delante, dando patadas a una piedrecitas y, cuando oyó a Conn ahogar un grito de sorpresa, levantó la mirada y vio que había una pareja de mediana edad cerca del coche.

—¡Mamá!

La mujer que tenían ante sí sonrió encantada.

—Hola, cariño —le dijo yendo hacia ellos.

Eve vio que el hombre, supuso que sería el padre de Conn, también se había girado hacia ellos, pero no avanzaba en su dirección.

—¿Qué hacéis por aquí?

Su madre se acercó a él y lo besó en la mejilla. Conn miró a su padre y se metió las manos los bolsillos.

—Solemos venir muy a menudo —contestó su madre intentando ver a Eve—. A tu padre le gusta ver qué tal van las obras.

—Ah —contestó Conn. De repente, recordó que no estaba solo—. Te presento a…

—¡Eve Summers! —exclamó su madre con una gran sonrisa.

Se trataba de una mujer de poca estatura. Desde luego, no se parecía nada físicamente a su hijo, pero aquella sonrisa era la misma que la de Conn Bannerman, sólo que ella la utilizaba mucho más.

–Ahora se apellida Drumm –murmuró Conn mientras Eve le estrechaba la mano a su madre.

–Es todo un placer conocerla –le dijo la madre de Conn–. En casa siempre veíamos su programa. Mis amigas del club de golf se van a morir de envidia cuando les diga que la he conocido.

–Muchas gracias, señora Bannerman –sonrió Eve–. Buenas tardes, señor Bannerman –añadió girándose hacia el padre de Conn.

El padre de Conn tampoco era tan alto como su hijo ni tan fuerte, pero Eve sabía que también había sido jugador de rugby de joven. Tenía el mismo óvalo de cara y los mismos ojos verdes. Sin embargo, mientras que los de Conn vibraban de deseo, cólera o cualquier otro sentimiento los de su padre parecían... muertos.

–Tu padre creía que, a lo mejor, ya habrían terminado el lado oeste.

El señor Bannerman gruñó algo y se giró hacia la estructura. La madre de Conn se puso sigilosamente al lado de Eve y Conn se colocó al lado de su padre con las manos todavía en los bolsillos.

–¿Qué te parece el estadio? –le preguntó la madre de Conn a Eve–. ¿Es la primera vez que vienes a verlo?

–Va a quedar fantástico –contestó Eve con sincero entusiasmo.

La señora Bannerman suspiró aliviada al ver que los dos hombres comenzaban a caminar uno al lado del otro alrededor de la estructura del estadio. Conn se había sacado las manos de los bolsillos y, de vez en cuando, señalaba algo aquí y allá y le explicaba algo a su padre, tal y como había hecho con Eve.

En aquella ocasión, tardaron más en dar la vuelta porque, obviamente, su padre le estaba haciendo más preguntas que ella; aunque también era cierto que Conn no parecía tan entusiasmado ni orgulloso como cuando le había enseñado el estadio a Eve.

Su madre y ella los seguían de cerca y fue así como Eve se enteró de que los padres de Conn iban casi todos los fines de semana para ver qué tal iba el estadio a pesar de que vivían a aproximadamente a hora y media en dirección sur.

–¿Cómo os habéis conocido?

–Soy su nueva vecina.

–¿Has comprado la casa de Baxter? Vaya, creía que mi hijo quería hacer algo con ella.

–Sí, así era. Me parece que le he fastidiado los planes –contestó Eve en tono divertido.

Aquello hizo reír a la señora Bannerman.

–Aunque mi hijo tenga ahora una casa impresionante se ha criado en una granja que no era mucho más grande que tu casa.

–Pero espero que estuviera mejor que la mía, que está que se cae. Hoy hemos estado pintando.

–¿Conn y tú? –se sorprendió la madre de Conn.

Eve asintió y la mujer sonrió encantada, sorprendiendo a Eve al engancharse de su brazo mientras caminaban.

–No te puedes imaginar cuánto me alegro de que mi hijo tenga por fin una amiga. Hace años que me obligó a dejar de buscarle novia.

–No me meta todavía en el álbum familiar porque a su hijo no le caemos especialmente bien los periodistas.

–No, es cierto –contestó la señora Bannerman apretándole el brazo–. Se lo han hecho pasar mal –añadió bajando la voz–. ¿Sabes lo del accidente?

Eve asintió.

–Me parece espantoso cómo lo trataron los medios de comunicación entonces.

Adrede, ambas comenzaron a caminar más lentamente para quedarse atrás. La madre de Conn le contó que su hijo era objeto de un inmenso escrutinio al haber sido su padre jugador del equipo nacional. Además, era el jugador más joven que jugaba en la selección.

–Apenas había cumplido los diecinueve años cuando lo seleccionaron. Para él, fue un gran cambio. Mi hijo procedía de una casa normal y corriente y, de repente, se encontró con un montón de fama, dinero y mujeres. Suficiente como para que se le subiera a la cabeza.

Aquel año, el público se cansó de que el equipo no ganara nada y comenzaron a pedir la sangre de los jugadores. Comenzaron a decir que eran unos caprichosos mimados que no hacían nada. En aquel entonces, Conn salía con la actriz de moda del país, Rachel Lee, lo que lo convertía en el objetivo preferido de los paparazzis.

El accidente en el que ella resultó muerta, y del que lo responsabilizaron a él, fue la gota que colmó el vaso en la difícil relación de Conn con los medios de comunicación.

Eve recordó los recortes que su amiga le había enviado. La mayor parte de ellos eran espantosos. Aunque había sido un accidente en el que Conn había perdido a su novia, los periodistas no dudaron en pedir su cabeza.

Los hombres se pararon y se giraron. Era obvio que los dos hubieran preferido estar en cualquier otro lugar, pero la señora Bannerman tenía otros planes.

–¿Qué os parece si nos vamos a cenar los cuatro?

Eve dijo que sí.

–Acabamos de comer –se apresuró a contestar Conn.

La desolación que Eve vio en el rostro del padre de Conn la dejó paralizada. El hombre no dijo nada.

–Entonces, podríamos ir a beber algo –insistió la señora Bannerman.

Eve nunca había oído a una madre suplicar así.

–Yo me muero por un café. Estoy congelada –se apresuró a contestar.

Conn no tuvo más remedio que acceder. Eve siguió al coche de los Bannerman hasta un hotel cercano donde las mujeres pidieron café y bizcocho mientras los hombres tomaban una cerveza.

Al ver que en la cafetería había una mesa de billar, la señora Bannerman animó a su hijo y a su marido a que fueran a jugar.

A Eve le entraron ganas de preguntar por qué la relación entre padre hijo era tan tensa, pero no tuvo que hacerlo porque la madre de Conn la puso al corriente de todo.

–Solíamos ser una familia muy feliz. Conn y su hermana, Erin, se llevaban fenomenal y adoraban a su padre. Eran inseparables –añadió mirando a los dos hombres, que jugaban al billar en silencio–. Míralos ahora. Ni siquiera se miran.

–¿Por qué? No creo que su padre culpe a Conn por lo de...

Su madre negó con la cabeza.

–No hace falta que lo culpe de nada. Nadie de la familia culpa a Conn de nada. El único que se culpa por lo del accidente es él. La culpa se lo está comiendo vivo. Y, aunque su padre lo echa tremendamente de menos, Conn se siente como si lo hubiera decepcionado. Hemos intentado durante diez años demostrarle lo orgullosos que estamos de él, porque te aseguro que mi hijo es un buen hombre, Eve, a pesar de que no quiera disfrutar de la vida –añadió suspirando como si se le hubiera roto el corazón–. Pero él no se lo cree. Se empeña en encerrarse en su fortaleza y en no dejar que nadie se acerque. No podemos hacer nada y yo sé que ninguno de los éxitos materiales que alcance cambiará esa situación.

Eve se dio cuenta en el trayecto de vuelta a casa de que Conn respondía mínimamente a su conversación. Cuando lo invitó a pasar, Conn declinó la invitación educadamente, diciéndole que tenía trabajo que recuperar, le dio las gracias por la comida y le dijo que se lo había pasado muy bien.

De algún modo, Eve se sintió aliviada ya que le apetecía estar a solas un rato para pensar en todo lo que había averiguado aquel día. Al entrar en casa, vio que tenía mensajes en el contestador. Uno era de Grant, su antiguo jefe, que le decía que la llamaría más tarde. Parecía nervioso y Eve se preocupó, así que intentó llamarlo, pero comunicaba.

Entonces, encendió la chimenea. La casa se había quedado fría porque había dejado todas las ventanas abiertas para que se fuera el olor a pintura. El dormitorio había quedado precioso. Solamente le quedaba por pintar el marco de la puerta y las ventanas y decidió hacerlo al día siguiente. No pudo evitar preguntarse si Conn iría a ayudarla.

Conner Bannerman. Un hombre de éxito, rico e increíblemente guapo. ¿Iba a estar encerrado toda la vida en su fortaleza? Una cosa era sentirse atraída físicamente por un hombre y otra muy diferente comenzar a sentir cosas que podían llegar a complicarle la vida.

Eve se dijo que no era asunto suyo conseguir que Conn saliera del laberinto de culpa en el que él solito se había metido. Si su familia no lo había conseguido, ¿qué posibilidades tenía ella de hacerlo?

Mientras se hacía el nudo de la corbata, Conn se sorprendió silbando. No solía llevar corbata a menudo, pero iba a volver a ver a Eve después de tres días y quería estar bien.

Durante aquellos tres días, había aceptado que Eve no se iba a mudar de casa y que, además, no podía dejar de pensar en ella.

Lo había llamado el día anterior con una invitación de lo más interesante. El periódico para el que estaba trabajando le había dado entradas para la fiesta de recaudación de fondos de cierto candidato a la alcaldía.

–Ven conmigo –le había dicho entre risas–. Te prometo que me comportaré bien.

–Mentirosa –había contestado Conn–. Lo que quieres es que te proteja por si Scanlon no te deja entrar.

–Supongo que tiene muy claro que voy a estar en la fiesta. Gracias a mí y al periódico está consiguiendo un montón de publicidad gratuita.

Conn le había dicho que había declinado ir a

esa misma fiesta cuando Pete lo había invitado, pero acabó accediendo a ir con ella. Por lo visto, Eve no veía ningún problema en que Conn la acompañara a pesar de que cada uno estaba de un lado de la valla.

Conn se puso el abrigo sobre el esmoquin, apagó la cadena de música que se había comprado el día anterior y se fue andando a casa de Eve.

Mientras caminaba, se preguntó cómo iría vestida ella. ¿Con traje de chaqueta o con un vestido sexy? ¿Bailarían en la fiesta, se lanzarían indirectas sobre lo mucho que se deseaban el uno al otro?

Nada lo había preparado para el placer que le produjo verla. Eve llevaba puesto un traje de color plata vieja de falda larga y lucía unos tacones altísimos, pero lo que le llamó poderosamente la atención fue la chaqueta, de escote muy bajo y bien ceñida. No llevaba blusa debajo para no quitarle protagonismo al escote y lo único que lucía sobre la piel era un collar de perlas negras.

–Perdona, todavía me tengo que poner los pendientes –se disculpó haciéndolo–. Me han llamado por teléfono a última hora y me he retrasado –añadió apresurándose–. ¿Llamamos para reservar un taxi en la terminal de ferrys?

–No hace falta, nos está esperando mi chófer –contestó Conn.

Durante el trayecto en el barco, Conn pensó que Eve parecía distraída, pero, cuando le preguntó, negó con la cabeza y él lo achacó a los nervios de tener que enfrentarse cara a cara con su enemigo de la infancia.

–¿Qué crees que hará cuando te vea? –le preguntó en voz baja.

–No tengo ni idea –confesó Eve.

Cuando llegaron al lugar en el que se estaba celebrando la fiesta, bajaron del coche y, tras indicarle a su chófer que lo llamarían para volver, se adentraron en el edificio. Mientras lo hacían, se dispararon varios flashes. Conn hizo una mueca de disgusto, pero Eve lo agarró del brazo y entraron juntos.

Una vez dentro, Eve se puso a hablar casi inmediatamente con conocidos de la televisión. Conn se tomó una copa antes de cenar y la observó admirado. En poco tiempo, había una fila de personas esperando para hablar con ella.

«Qué diferente somos», pensó.

Mientras la estaba observando, vio que Pete Scanlon iba hacia él. Había visto a Eve, pero ella a él todavía no.

Aquello podía ser interesante.

–¡Conn! Cuánto me alegro de que hayas venido –lo saludó estrechando la mano.

–Ha sido una decisión de última hora.

Evidentemente, allí pasaba algo.

Conn no conocía a Pete Scanlon mucho, pero siempre lo había tenido por un hombre frío, elegante y encantador. Evidentemente, aquella noche estaba nervioso. Así lo demostraba la perla de sudor que tenía en la frente. También tenía las manos húmedas. Además, no paraba de mirar a un lado y a otro, como si estuviera esperando que se produjera una catástrofe en cualquier momento.

—Te quería comentar que preferiría que no dijeras en público que estoy apoyando tu campaña —le dijo Conn.

—No hay problema —contestó Pete.

Eve los había visto y, tras conseguir zafarse de una mujer, fue hacia ellos. Conn aguantó la respiración. Pete le estaba agradeciendo por enésima vez su contribución cuando Eve se colocó al lado de Conn y miró a su enemigo con el mentón bien alto.

Pete la miró, desvió la mirada y la volvió a mirar. Estuvo a punto de quedarse con la boca abierta.

—Vaya, vaya, vaya, pero si es la señorita Ear Drumm.

—¿Cómo has dicho? —ladró Conn.

—No pasa nada, Conn —le dijo Eve poniéndole la mano en el brazo—. Así me llamaban de pequeña. No me importa.

Conn se quedó mirando a Pete Scanlon. Nunca lo había visto con aquellos ojos. Pete también se quedó mirándolo, obviamente comprendiéndolo todo.

—¿Durmiendo con mi enemigo, Conn? Por supuesto, es una manera de hablar solamente —se apresuró a añadir al ver la cara de pocos amigos de Conn–. Confieso que estoy sorprendido... y bastante decepcionado, pero espero que sigas siendo generoso en tus contribuciones a mi elección. Soy un buen amigo de por vida.

Conn se lo quedó mirando con frialdad.

–Lo cierto, Pete, es que te veo bastante desmejorado –comentó Eve con naturalidad–. ¿Es el estrés del trabajo o, quizá, que alguien te está sacando los trapos sucios y no te está gustando?

Pete sonrió, pero era obvio que aquella conversación no le estaba gustando en absoluto. Por primera vez en su vida, Conn lo vio como lo debía de ver Eve, como un manipulador grotesco.

–Señorita Drumm, su acompañante se puede quedar, pero usted perdió el derecho de asistir a esta fiesta en el mismo instante en el que comenzó a escribir esa odiosa columna, así que le voy a pedir que, por favor, se vaya.

–Será un placer, Pete. En cualquier caso, tú también empiezas a estar de más en esta ciudad. Esta fiesta es asquerosa –contestó Eve levantando la voz–. Veo que todavía le das al whisky –añadió–. Espero que la niñera de Josh tenga su propio coche.

–Josh es ya muy mayorcito como para tener niñeras, pero te aseguro que tú fuiste la mejor niñera de mi hijo.

Ante aquellas palabras, Conn sintió cómo le hervía la sangre en las venas.

–¡Basta! –exclamó inclinándose sobre aquel odioso hombre.

Eve fue más rápida que él y se colocó entre ambos hombres, de frente a Conn.

–No le des esa satisfacción –le rogó.

Pete aprovechó la intervención de Eve para dar un paso atrás y colocarse bien la corbata.

–Por favor, Conn –insistió Eve.

Conn se quedó mirándola, consciente de que había estado a punto de perder el control. Miró a Pete de nuevo, que estaba intentando controlar su consternación, y a continuación se sacó la cartera del bolsillo, eligió una moneda y la lanzó al aire. Pete, Eve y una pareja de curiosos que había cerca se quedaron mirando mientras la moneda se elevaba por los aires y caía exactamente en el vaso de Pete.

Pete Scanlon hizo una mueca de disgusto pues el líquido color ámbar que estaba bebiendo le había salpicado la cara y la camisa.

–Esto por la copa que me he tomado –le dijo Conn–. Es el último dinero que vas a ver de mí.

Mientras salían de la fiesta, varios fotógrafos los siguieron. Conn no pudo evitar sentirse muy tenso, pero Eve le indicó que se relajara y, a continuación, le brindó a uno de los fotógrafos, un tipo muy insistente, una maravillosa sonrisa.

Una vez en la calle, decidieron que, en lugar de llamar al chófer de Conn, irían andando hasta el muelle. Al llegar, descubrieron que todavía faltaba mucho tiempo para que llegara el siguiente barco, así que decidieron ir a dar una vuelta.

Al llegar junto al mar, se quedaron mirando el horizonte. Conn se dio cuenta de que Eve agarraba la barandilla con mucha fuerza y se dijo que debía de estar tan tensa como él.

–Mi héroe –murmuró Eve mirándolo–. Llevaba trece años sin verlo. Ya sé que no está bien odiar a alguien, pero lo odio.

–Es normal.

–¿Has visto? Yo diría que estaba muy nervioso.

Conn asintió.

–Incluso antes de verte, estaba sudando. A mí me parece que tiene muchas cosas en la cabeza.

–Sí, y supongo que serán cosas un tanto oscuras. Justo antes de que me vinieras a buscar, he recibido una llamada de la mujer de mi antiguo jefe. Por lo visto, Grant ha desaparecido. Hace tres días me dejó un extraño y emotivo mensaje en el contestador diciéndome que ya me llamaría, pero no lo ha hecho. Por lo que me ha contado su mujer, llevaba semanas nervioso.

–¿Y qué tendría que ver esto con Scanlon?

–He descubierto que Pete tiene a muchos peces gordos de la televisión chantajeados. Sé que a mi jefe no le hizo ninguna gracia tener que despedirme, pero no tuvo más remedio que hacerlo para impedir que me pusiera a investigar en el programa la red de corrupción de Pete.

Conn la miró sorprendido.

–¿Te despidieron? Creía que lo habías dejado tú.

–Ésa es la versión oficial. Grant me dio esa opción por si algún día quería volver a trabajar en la televisión –le explicó Eve–. También he averiguado que uno de los directores es muy amigo de Pete y creo que todo está conectado.

–Me alegro de que me hayas abierto los ojos y me hayas hecho ver lo canalla que es –contestó Conn preguntándose si Eve tendría frío–. Menuda manera de tirar el dinero.

Eve asintió, pero parecía más pendiente de las manos de Conn, que estaban a pocos centímetros de las suyas en la barandilla.

Conn pensó que era maravilloso mirar a aquella mujer. No solamente por sus atributos femeninos sino por la vitalidad que emanaba. La vida que había en ella a pesar de los malos momentos vividos. Era una mujer generosa y optimista y, de alguna manera, llenaba un hueco que había en su interior.

¿Cuándo había sido la última vez que se había sentido tan atraído por una mujer?

Conn recorrió con los dedos los últimos centímetros hasta que sus manos se encontraron. La descarga de energía que sintió entonces fue muy fuerte, pero no lo suficiente como para impedirle sentir que Eve también tenía los dedos quietos y tensos.

Aunque sabía que no debería hacerlo, le tomó las manos entre las suyas. Lo cierto era que jamás se había sentido tan atraído por una mujer. Con el exilio autoimpuesto en el que vivía, tampoco tenía muchas oportunidades de conocer a nadie.

Eve se acercó a él y Conn sintió unas inmensas ganas de besarla. ¿Por qué no lo hacía? No había nadie cerca.

Lo lógico sería que se acostaran. Así, una vez hecho, Conn podría concentrarse en el gran proyecto de su vida y no pasar los días y las noches obsesionado con ella.

Normalmente, no se acostaba con mujeres a las que fuera a ver a menudo, pero no esperaba que Eve se quedara para siempre en la isla. Teniendo en cuenta que era una mujer a la que le gustaba estar rodeada de gente y que era una celebridad de la televisión, lo más probable era que pronto se aburriera de su casa vieja y húmeda y volviera a la ciudad.

Y allí terminaría todo.

–¿Conn?

Conn se giró hacia ella y la miró a los ojos. Sí, allí terminaría todo. Entonces, sería obvio que Eve no podría vivir en su mundo y que él no podría formar parte de ninguna manera del de ella.

–Estás en otro mundo –le dijo Eve.

–No, estoy aquí –contestó Conn.

Eve le acarició la mejilla y Conn sintió una descarga eléctrica por todo el cuerpo.

–Sé que el estadio es muy importante para ti –añadió Eve.

«Nada es tan importante para mí en estos momentos como besarte y hacerte mía», pensó Conn apasionadamente.

–¿No podrías convencer al alcalde? ¿Lo has intentado? Benson es mayor y tiene una forma peculiar de ver las cosas, pero es un hombre leal a su gente.

–Lo cierto, Eve, es que a mí no se me da bien convencer a los demás de nada –contestó Conn acariciándole con el pulgar la palma de la mano.

Cuando la miró a los ojos de nuevo, se encontró con que Eve tenía la boca abierta y los labios húmedos, invitándolo. Conn tragó saliva.

–Esto se nos está yendo de las manos –murmuró tomándola entre los brazos.

Dando al traste con los preliminares, Eve abrió la boca directamente para besarlo, así que Conn introdujo la lengua en su boca y la apretó contra su cuerpo.

–¿Señora Summers? –dijo alguien de repente.

Al mirar hacia la voz, ambos quedaron momentáneamente cegados por el potente flash de una cámara de fotos.

En cuanto se hubo recuperado, Conn reconoció al mismo fotógrafo que los había retratado al salir de la fiesta, aquél que se había mostrado tan insistente.

La incredulidad y la ira se apoderaron de él.

–Conn –le dijo Eve preocupada.

Conn no la escuchó.

–¿Te gusta nadar, listillo? –le dijo al fotógrafo yendo hacia él.

El joven salió corriendo. Conn lo hubiera perseguido si no hubiera sido por los repetidos ruegos de Eve.

—No pasa nada, ¿no? —le dijo ella al verlo tan preocupado—. Ninguno tenemos pareja...

—No es eso lo que me molesta —contestó Conn con el ceño fruncido—. Vámonos a la terminal —añadió comenzando a andar hacia allí.

Eve lo siguió.

—Antes de que apareciera el fotógrafo, estaba pensando que, tal vez, podrías enfocar el tema del estadio como algo más de la gente, no tanto como un negocio...

Conn se paró en seco.

—Eve, aquí no hay historia —ladró—. Mira, ahí llega el ferry.

Eve se quedó mirándolo. Sus ojos reflejaban un inmenso dolor. Conn se sintió fatal, pero había llegado el momento de que Eve se diera cuenta del tipo que hombre que era.

En el trayecto de vuelta a casa, hablaron poco. Eve estaba cabizbaja. Conn, enfadado y excitado.

Tampoco hablaron en el taxi.

Al llegar a casa de Eve, Conn tuvo que hacer un gran esfuerzo para no salir con ella. Qué cruel era la vida, que primero le ponía a la mujer de sus sueños delante y ahora lo hacía apartarse de ella.

Eve se quedó mirándolo, pero Conn no se movió.

—Gracias —se despidió Eve—. Sólo una cosa, Conn. ¿Estabas enamorado de la actriz?

Aquello era lo último que Conn hubiera pensado que le iba a preguntar.

–No pude soportar la publicidad –contestó negando con la cabeza.

Eve asintió.

–Sigo sin poder soportarla –añadió Conn.

Eve lo miró confusa, parpadeó y se bajó del taxi.

# *Capítulo Seis*

Al entrar en casa, Eve comprobó que tenía mensajes en el contestador. Le estaba empezando a doler mucho la cabeza, así que se tomó un vaso de agua y se sentó en el sofá para escucharlos.

–Señorita Drumm, la llamo del *Herald*. Por favor, llámeme cuanto antes.

«No, ahora, no me apetece», pensó Eve.

Había otro mensaje de Lesley y, por último… ¡uno de Grant!

–Siento mucho que te tengas que enterar así, por la televisión, pero, por lo menos, todo ha terminado –le decía su antiguo jefe.

¿Por la televisión?

Eve consultó el reloj. Las diez y media. Perfecto. Había noticias. Eve conectó el televisor y vio a Grant confesando que había tenido una aventura con una prostituta de lujo en el yate de Pete Scanlon y que el hombre de negocios lo había estado chantajeando y lo había obligado a despedirla si no quería que lo contara todo.

Al final, el que había decidido contarlo todo había sido Grant. Animados por su ejemplo, otros diez empresarios chantajeados habían salido en su ayuda y habían contado sus casos.

¡Eve no se lo podía creer!

—¡Por ti, papá! —exclamó emocionada—. ¡Genial! —añadió dando un salto.

A continuación, recibió varias llamadas. Todas de periodistas. No era el momento de atenderlos. Eve no podía dejar de pensar en Conn.

¿Estaría implicado en todo aquello? ¿Le echaría la culpa a ella? Para Conn, era muy importante que la ciudad cambiara de alcalde y, a lo mejor, ahora tendría problemas profesionales.

Eve pensó en llamarlo por teléfono, pero finalmente decidió ir a su casa, así que se puso un abrigo grueso. Llevaba un par de minutos andando cuando oyó un coche y, al girarse, comprobó que un vehículo se paraba en la puerta de su casa con las luces apagadas.

«Un periodista», pensó.

Aquello le hizo apretar el paso en dirección a casa de Conn. Al llegar, llamó al timbre y Conn abrió la puerta sin chaqueta, con las mangas arremangadas y sin corbata. Tenía una copa de whisky en una mano y se estaba fumando un puro.

Eve se sorprendió al darse cuenta de lo mucho que lo amaba. Se quedó mirándolo, intentando controlar su respiración entrecortada. Conn la estaba mirando con el ceño fruncido.

—¿Estás celebrando algo? —le preguntó Eve.

Conn la miró de arriba abajo y a Eve no le quedó ninguna duda de que la deseaba.

–Ahora que tú has llegado, va a empezar la celebración –contestó Conn poniéndole el dedo índice en el escote.

Eve sintió que le quemaba la piel. Sentía que tenía el cuerpo en llamas y, antes de que le diera tiempo de recuperarse, Conn se inclinó sobre ella y la besó.

Eve sintió su deseo, sus labios y sus manos, su lengua, instándola a que respondiera aunque no le había pedido permiso para iniciar nada.

Ningún hombre la había puesto nunca así con tanta facilidad. Conner Bannerman la besaba o la tocaba y ella veía colores y oía música, perdía el sentido del tiempo y se le nublaba la razón.

Eve se apretó contra su cuerpo, invitándolo a seguir, lo besó con la misma pasión y se derritió contra él. Su corazón ya había decidido y ahora su cuerpo quería reafirmarse en aquella decisión.

En un abrir y cerrar de ojos, Conn tiró de ella, cerró la puerta de la calle, la apoyó en ella y le bloqueó el paso con su cuerpo.

Conn no paraba de besarla y, de repente, la tomó en brazos, la levantó un poco del suelo, la colocó sobre sus pies y comenzó a caminar. Eve sintió que sus rodillas se chocaban y se dio cuenta de que estaban entrando en un dormitorio.

Se trataba del dormitorio de Conn.

Una vez allí, la condujo a su cama y le quitó el abrigo. Eve se moría por sentirlo desnudo contra su piel y se preguntó cuántas veces había recreado aquella escena en su mente.

Conn la besó en el cuello y volvió a su boca. Sus expertos dedos encontraron y desabrocharon los botones de su chaqueta y, segundos después, aquella prenda estaba en el suelo junto al abrigo.

Aunque debía de estar tan excitado como ella, Conn parecía no tener prisa. Mientras le acariciaba los brazos, la miraba con deseo, fijándose en su cuerpo desnudo de cintura para arriba a no ser por el sujetador. Mientras Eve le quitaba la camisa, Conn dio buena cuenta de aquella última prenda.

–Conn, necesito...

La coherencia se esfumó en cuanto Conn volvió a besarla.

¡Cuánto lo deseaba!

–Ahora vuelvo –le dijo Conn.

Confundida, Eve se quedó a solas en su dormitorio y se deleitó con la maravillosa vista de la ciudad. No pudo evitar preguntarse si no debería contarle primero lo que sabía. ¿No sería egoísta por su parte hacer realidad su sueño de hacer el amor con aquel hombre sabiendo que el proyecto de su vida estaba en peligro?

Al verlo aparecer con una caja de preservativos, sonrió encantada y decidió volver a la carga.

–Te tengo que decir una cosa.

–Todas las razones por las que no deberíamos hacer esto serán las mismas mañana, pero haz lo que quieras. La decisión es tuya –contestó Conn.

Lo estaba dejando todo en sus manos.

Eve se acercó a él y lo besó.

Conn procedió entonces a desnudarla, moldeando su cuerpo, y Eve se dejó hacer. Con cada beso, con cada caricia la pasión iba en aumento hasta que Eve sintió que la espiral era tan fuerte que se iba a volver loca.

No sabía cuánto tiempo había pasado pero Conn le estaba quitando las braguitas, acariciándole la parte interna de los muslos, separándole las piernas. A continuación, se arrodilló ante ella y comenzó a lamerla.

Eve sintió como si estuviera al borde de un precipicio. Todas sus células estallaron de placer. Las piernas se le tensaron y comenzó a estremecerse. Era tal la intensidad que casi le dolía. Se agarró al pelo de Conn mientras él absorbía y contenía sus temblores con la boca.

Luego, se dejó flotar en un éxtasis indescriptible, sin miedo. Podría haberse quedado así para siempre, pero Conn se estaba poniendo en pie.

—¿Más? —se sorprendió Eve.

—Esto no ha hecho más que empezar.

Eve se estremeció mientras Conn se colocaba el preservativo. Eve vio su imponente miembro y se preguntó si saldría viva de aquélla. Conn se sentó en el borde de la cama, la agarró de la cintura y la colocó a horcajadas sobre sus piernas. A continuación, tiró de ella hacia abajo hasta introducirse por completo en su cuerpo.

Eve comenzó a jadear.

—¿Demasiado? —le preguntó Conn.

—Quiero más —suspiró Eve abrazándolo por la cintura con las piernas.

En aquella ocasión, fue Conn quien se quedó sin aliento. Eve aprovechó el momento para tomar las riendas de la situación. Ambos se quedaron mirando a los ojos. Eve apretó sus músculos vaginales para tener una idea del tamaño exacto.

—¿Demasiado? —volvió a preguntarle Conn.

—Perfecto —contestó Eve apoyando las manos en sus muslos y echándose levemente hacia atrás.

No le había sorprendido en absoluto que aquella parte de su anatomía fuera grande, pues iba en proporción con el resto de su cuerpo. Lo que le había sorprendido sobremanera era la increíble delicadeza con la que Conn hacía el amor.

—Me apetece moverme —le dijo en tono de broma agarrándole las manos y colocándoselas sobre sus pechos.

Conn no dudó en acariciarle los pezones, haciendo que Eve ahogara una exclamación de placer. Cuando se echó hacia delante y le tomó uno de los pezones con la boca, Eve no pudo evitar gritar.

Todas las experiencias pasadas no eran nada comparadas con lo que sintió cuando Conn comenzó a moverse en el interior de su cuerpo.

Por cómo la estaba mirando, le quedó claro que él también estaba absorto en la intensidad de su conexión.

# Capítulo Siete

Eve estaba tumbada boca abajo, mirando a Conn. Conn sentía su cabello en el hombro y percibía su respiración, pausada y suave. Obviamente, se había quedado dormida.

Él, sin embargo, llevaba una hora mirando al techo. Era la primera vez que dejaba que una mujer durmiera en su casa.

Con mucho sigilo, Conn se levantó de la cama y salió de su habitación. Al llegar al salón, se dio cuenta de que estaba enfadado consigo mismo por haberse alejado de Eve.

Aquella mujer había resultado ser una amante sin igual, sin prejuicios, dispuesta a dar y a recibir. Había intentado aguantar más que ella, pero no lo había conseguido. Eve le había seguido el ritmo perfectamente.

¿Y qué era lo que le impedía simplemente acostarse con ella sin darle tantas vueltas a la cabeza?

Conn eligió una naranja del frutero y la peló mientras consultaba unos documentos. Se dijo que, ahora que ya se había acostado con ella, su obsesión disminuiría y podría olvidarse de Eve para volver a concentrarse en el trabajo.

Al cabo de un rato, volvió a su habitación y se encontró a Eve durmiendo en su lado de la cama.

Perfecto.


Eve se despertó y se sintió decepcionada al ver que estaba sola en la cama. ¿Y qué esperaba? Su vecino era un hombre taciturno y no iba a cambiar así como así.

Eve se negaba a ser una más. Sospechaba que Conn se acostaba de vez en cuando con alguna mujer a la que no tardaba en olvidar. Debía de ser su manera de intentar sentirse humano.

No quería que Conn la olvidara.

Durante las horas en las que habían estado haciendo el amor, Eve se había dado cuenta de que bajo la fachada que Conn había construido cuidadosamente en los últimos diez años se escondía un hombre cariñoso, un hombre que había amado y reído, pero que había decidido reprimirse y no volver a hacerlo jamás.

Eve apartó las sábanas y se levantó de la cama. Eligió la camisa de Conn y bajó a la cocina, donde encontró a su dueño mirando por la ventana.

Aunque no le sonrió, ella se acercó y lo abrazó de la cintura por detrás. Al instante, Conn se tensó.

—Hay que darse un tiempo para acostumbrarse a las caricias —murmuró Eve.

Conn le cubrió las manos con las suyas y echó

la cabeza hacia atrás. Eve suspiró encantada y se dijo que todo iría bien mientras no lo presionara demasiado.

–Hay un coche en la puerta de tu casa –comentó Conn.

Eve recordó todo lo que había sucedido la noche anterior antes de ir a su casa y se sintió culpable por no haberle contado nada.

Maldito Pete Scanlon por estropearle aquella mañana.

–¿Me invitas a un café? Te tengo que contar una cosa.

Mientras Conn preparaba la cafetera, se quedó mirándola expectante.

–Verás, anoche no vine a… –comenzó Eve.

–¿Te da vergüenza decirlo en voz alta? –bromeó Conn.

Aquello hizo sonreír a Eve.

–Conn, Pete Scanlon está acabado –anunció–. Cuando me dejaste en casa anoche, lo vi en la televisión. Lo están investigando por evasión de impuestos y chantaje.

–¿Han interpuesto cargos contra él?

–Que yo sepa, todavía no.

A continuación, le contó todo lo que sabía mientras Conn escuchaba en silencio. La caída de Pete Scanlon era maravillosa para Eve y para la ciudad, pero iba a tener consecuencias muy serias para el estadio de Conn.

–¿Y ese coche que hay en la puerta de tu casa?

–Supongo que será un periodista.

110

—¿Lleva ahí desde anoche?

Eve asintió.

Como si los hubiera oído hablar de él, el periodista en cuestión puso el coche en marcha y avanzó hacia casa de Conn, que salió a recibirlo con cautela.

—Tenías razón. Es periodista —le dijo al volver al cabo de unos minutos—. Le he dicho que te has ido a la ciudad a casa de una amiga.

Eve suspiró y se sentó.

—No quiero que crean que todo esto es sólo por mi despido. Scanlon tiene muchas más cosas por las que dar la cara.

—Fuiste tú quien empezó todo esto. Estás metida hasta el cuello.

—¿Me estás echando la culpa de lo que está pasando? —se defendió Eve.

Conn apretó los dientes y negó con la cabeza.

—Lo siento, te lo tendría que haber contado anoche.

—Bueno, supongo que no te di tiempo —rió Conn—. Cuando llegaste, acababa de decidir que, si no venías tú, iría yo, y estaba a punto de salir para tu casa a pesar de que lo consideraba toda una debilidad por mi parte. En cualquier caso, no me arrepiento de lo que ha ocurrido entre nosotros.

Eve suspiró aliviada.

—¿Qué vamos a hacer? Como se enteren de que estamos juntos... —comentó sin embargo transcurridos unos segundos.

—No te preocupes, todo irá bien.

111

–Conn, lo digo porque ya sabes que los periodistas...

–Sí, supongo que lo dices por el accidente y por Rachel. Sí, ahora que soy un empresario famoso será mucho más divertido. Sobre todo, porque llevo años sin conceder una entrevista.

Eve no podía permitir que, por su culpa, Conn sufriera.

–Me tengo que ir –anunció–. Es mejor que me vaya antes de que se den cuenta de que estamos juntos.

–Por si no te acuerdas, ayer nos pillaron besándonos –le recordó Conn–. Ahora hay dos coches en la puerta de tu casa –añadió sacando unos prismáticos de un cajón de la cocina–. Están hablando entre ellos –añadió entregándole los prismáticos a Eve.

Eve no reconoció a ninguno de los reporteros.

–Podrías sacarme de aquí tumbada en el suelo de tu coche y tapada con algo –dijo medio en broma.

–¿Te avergüenzas, Eve?

Lo había dicho mirándola de manera inescrutable.

–Te aseguro que no me avergüenzo de estar contigo, Conn. Más bien, todo lo contrario.

–Vaya, ahí llega un tercer coche. No hemos hecho nada ilegal. ¿Por qué vas a tener que salir de mi casa escondida como si fueras una delincuente?

–Si te ven conmigo, tus padres y tú vais a estar

en el ojo del huracán y no quiero que lo pases mal por mi culpa.

Conn se quedó mirándola fijamente.

—Entonces, quédate aquí.

Eve sintió que el corazón se le aceleraba.

—Quédate aquí –repitió Conn–. No pueden entrar en mi casa y, a menos que no tengan un objetivo muy potente y nos fotografíen desde el mar, es imposible que escalen el precipicio. No pueden verte.

—¿Y tú no tienes que trabajar? –le preguntó Eve.

Conn asintió.

—Pero no me he traído ropa –objetó Eve.

—¿Y? –contestó Conn mirándola de manera inequívocamente sensual.

Al instante, Eve sintió que comenzaba a sudar.

—Si quieres, le puedo decir a mi secretaria que te traiga algo de la ciudad.

Eve asintió.

Conn descolgó el teléfono y marcó un número. Eve se quedó escuchando mientras hablaba con una mujer llamada Phyll y le indicaba que comprara ropa interior, camisetas y un par de vaqueros.

Cuando la conversación comenzó a versar sobre temas de trabajo, Eve se acercó a la ventana y pensó que era ridículo quedarse en aquella casa como una prisionera que se moría por acostarse con su carcelero.

Iban a estar solos. Tal vez, durante días. Tendría que irse. ¿Por qué no lo hacía?

Aquella tarde, llegó la secretaría de Conn con varias bolsas y Eve aprovechó el momento para darse un buen baño de espuma y echarse una siesta. Cuando se despertó, vio que las bolsas estaban junto a la cama y que Conn la había tapado.

Encontró que los vaqueros le quedaban perfectamente y que la camiseta de manga larga le quedaba un poco grande. La ropa interior no era la que ella habría elegido exactamente, pero le hizo sonreír pensar que se la había comprado Conn.

Al bajar, comprobó que Conn había sacado dos filetes de la nevera y estaba preparando una ensalada y recordó que no había comido nada desde el desayuno.

Mientras Conn freía la carne, ella puso la mesa. A continuación, cenaron tranquilamente, como una pareja bien avenida.

# Capítulo Ocho

–¿Qué tal ha ido? –le preguntó Eve a Conn en cuanto volvió a casa de la reunión con su consejo de dirección.

–Tal y como esperaba –contestó Conn con aire preocupado–. Veo que has ido a tu casa –añadió al ver que Eve se había maquillado.

El día anterior, habían comprobado que los coches de los periodistas habían desaparecido por primera vez en varios días. Ninguno de los dos había comentado nada, pero era obvio que la situación se había tranquilizado y que ya no había motivo para que Eve siguiera en su casa.

Todo había terminado. La realidad había vuelto y cada uno debía seguir adelante con su vida.

–Cuéntamelo todo –le dijo Eve mientras le indicaba que se sentara a comer el delicioso pollo que había preparado.

Conn le contó que el consejo de administración lo había obligado a demostrar que la única relación que tenía con Pete Scanlon eran las contribuciones a su campaña para la alcaldía. En cuanto así lo hubo hecho, se mostraron satisfechos.

Mientras comían, Conn le contó que no creía que fuera a ser tan fácil convencer al pleno del ayuntamiento para que lo apoyara con el estadio. Le explicó que, cuando se había decidido que fuera Nueza Zelanda el país en el que se celebrara la próxima Copa del Mundo de rugby, el ayuntamiento de la ciudad se había comprometido a poner el cuarenta por ciento del coste total de la construcción del estadio con la condición de que la empresa adjudicataria pusiera el sesenta por ciento restante.

Sin embargo, ahora, el alcalde decía que el ayuntamiento no tenía ese dinero porque había construido una carretera de circunvalación que le había salido mucho más cara de lo esperado.

—Yo creo que lo que quieren es presionarnos todo lo que puedan para ver si consiguen que financiemos la obra completa.

—¿Y qué vas a hacer? —le preguntó Eve.

Faltaban menos de dos años para la Copa del Mundo y Conn necesitaba ese tiempo y mucho más para tener el estadio en la fecha prevista.

Conn le contó que su consejo de administración había accedido a vender una de las empresas en South Island y a posponer la construcción de una cadena hotelera en el Pacífico Sur para tener dinero líquido.

—Entonces, ¿te apoyan? —le preguntó Eve encantada mientras recogía los platos.

Durante aquellos días, había aprendido a sentirse en aquella casa como en la suya. Cada día se sentía más unida a Conn, que ya toleraba su música y cada vez era más cariñoso con ella.

Por supuesto, entre ellos siempre estaba presente el deseo, que los había pillado haciendo la comida, tomando una copa y en cualquier tipo de actividad.

Eve sacó de la nevera una tarta y encendió las velas.

Conn la miró anonadado.

—Feliz cumpleaños.

—¿Cómo te has enterado?

—Ha llamado tu madre. No te preocupes, no he contestado —le explicó Eve—. He escuchado el mensaje que ha dejado en el contestador. Es de piña con nueces. Anda, pide un deseo y sopla las velas.

Conn se quedó mirándola como si estuviera hablando en suahili, así que Eve suspiró y le colocó la paleta de servir en la mano.

—¿La has hecho tú?

Eve asintió y observó encantada cómo Conn soplaba las velas.

—Espero que hayas pedido un deseo.

—Desde luego, veo que tienes muchos talentos ocultos.

—Así es —sonrió Eve dándole un trago al vino.

A continuación, entrelazó los dedos sobre la mesa.

—Parece que fueras a dar las noticias —sonrió Conn.

–Ya que lo dices, te diré que me han llamado de la tele. Por lo visto, soy toda una heroína y quieren que vuelva.

A continuación, Eve le contó que tenía previsto empezar un programa en dos días, justo una semana antes de las elecciones municipales.

–Mi idea es entrevistar a gente por la calle, ver qué les parece que la Copa del Mundo de rugby se vaya a celebrar aquí, quiero entrevistar a jugadores de la selección nacional e incluso al ministro de turismo. También me gustaría hacer una subasta para recaudar fondos para el estadio.

–Vaya, enhorabuena. Has recuperado tu trabajo.

–De momento, es temporal.

–Estás hecha para la televisión, Eve –brindó Conn–. Lo que no entiendo es qué te va a ti en todo esto ahora que Scanlon está fuera de juego y que has vengado a tu padre.

Eve palideció.

¿Cómo podía preguntarle algo así? ¿Acaso no se daba cuenta de que quería ayudarlo? ¿Acaso no se daba cuenta de que estaba loca por él?

–No es mi manera de hacer las cosas. Tengo un equipo de relaciones públicas que se ocupan de los medios de comunicación –añadió Conn.

–Utilízame, Conn. Te guste o no, la gente me escucha. Me ven.

Conn se quedó mirándola, cortó dos pedazos de tarta y le dio uno.

–Está bien, mañana hablaré con mi gente a ver qué les parece.

–No, me tienes que dar una contestación ahora mismo. No hay tiempo que perder. Necesito los nombres de los patrocinadores del estadio. A los patrocinadores les encanta que les hagan publicidad. También quiero recorrer el estadio por dentro con una cámara para enseñar los progresos que habéis hecho.

Conn se metió un trozo de tarta en la boca sin mirarla.

–Y, sobre todo... te quiero a ti –dijo Eve tragando saliva.

Conn se quedó mirándola. Eve estaba nerviosa. Estaba dispuesta a hacer programas sin él, pero sabía que el impacto sería mucho mejor si participara.

–¿Aquí y ahora? –bromeó Conn.

–Me refiero al programa.

–No lo dirás en serio…

–Sólo serán unos minutos. Leerás el guión primero –lo animó Eve poniéndose en pie–. Si no te apetece una entrevista seria, podrías ser tú el que enseñara el estadio, como hiciste conmigo.

Conn se rió con amargura.

–Eve, si me llevas a mí al programa vas a tener una publicidad malísima.

–No, no lo entiendes. La que te voy a entrevistar soy yo.

–No me parece buena idea –contestó Conn poniéndose también en pie.

–Conn, ya va siendo hora de que dejes el pasado atrás.

–Salir en la televisión y en la prensa lo único que va a hacer es traerlo al presente. Por favor, Eve... piensa en lo que sentirán los padres de Rachel si vuelven a ver mi cara.

–¿De verdad crees que después de todo este tiempo te siguen culpando?

–Por supuesto –contestó Conn–. Sólo tenía veintiún años, tenía toda la vida por delante. Piensa lo que sentirías tú si hubiera sido tu hija.

Eve sintió como si le hubiera dado un puñetazo en la boca del estómago y, si no hubiera estado apoyada en la encimera de la cocina, se habría caído al suelo.

–Haz lo que quieras, pero no cuentes conmigo –insistió Conn apoyándose en el fregadero de espaldas a ella.

Eve tomó aire varias veces.

Siempre que creía que había superado aquel dolor, la sorprendía. Nunca había sido demasiado llorona, pero últimamente no paraba de llorar. Si no era por la muerte de su padre, era por el divorcio y por el niño.

–Eh, eh –dijo Conn acercándose a ella al verla llorar–. Perdóname, no tendría que haberte hablado así –añadió estrechándole entre sus brazos y acariciándole el pelo.

–Odio llorar –sollozó Eve–, pero, a veces, no me puedo controlar. Últimamente, lloro mucho. Antes, con el trabajo no tenía tiempo, pero desde que no tengo trabajo... Antes de volver a Nueva Zelanda, tuve un aborto –suspiró.

Conn se maldijo a sí mismo en silencio.

–¿Por eso decidiste volver?

Eve asintió.

Conn la tomó en brazos y la condujo al salón. Una vez allí, se sentó en el sofá con ella en su regazo y le puso la mano con la palma abierta sobre el abdomen. Eve se dijo que aquélla era una de las escenas más íntimas que había vivido jamás. Al sentir el calor de su mano, se sintió inmensamente protegida.

–Tengo miedo de no poder tener hijos... –le confesó llorando de nuevo y colocando su mano sobre la de Conn.

«Ojalá hubiera sido él el padre», pensó.

Eve supo que Conn habría protegido a su bebé con su vida si hubiera sido necesario.

«Estoy enamorada de él», pensó sorprendida.

Sí, ella era una mujer necesitada y dolida en aquellos momentos y él un hombre con el corazón recubierto por una capa de frío que ella podría derretir.

Conn la besó en la frente y Eve se apretó contra él. El sueño de cualquier mujer era verse abrazada por un hombre tan grande y tan fuerte, sentirse protegida y querida.

¿Quién le iba a decir que aquel hombre tan distante y que acumulaba tanto dolor a sus espaldas era capaz de escuchar y de consolar?

Eve pensó que, a lo mejor, podía ayudarlo a salir de su infierno.

–Lo voy a hacer –anunció Conn.

Eve levantó la mirada.

–Voy a ir a tu programa de televisión.

Eve sonrió encantada, pero, cuando lo miró a los ojos, se dio cuenta de que Conn no estaba allí con ella. No estaba en la realidad sino en otro mundo.

¿Estaría con Rachel?

–¿Te doy lástima, Conn? ¿Por eso accedes a venir al programa? –le preguntó con un nudo en la garganta.

–No –contestó Conn–. Voy a ir al programa porque quiero construir ese estadio. Quiero hacerlo por... mi padre.

–¿Por tu padre?

–Sí, siempre ha soñado con ver la Copa del Mundo aquí. Tal vez, si lo consigo, lo recompense por... todo.

–No te arrepentirás.

–Eso espero –sonrió Conn.

# Capítulo Nueve

A la mañana siguiente, Eve salió de casa dispuesta a pasarse todo el día en el plató de televisión. A media mañana, llamó a Conn para decirle que, al final, le habían conseguido media hora más de programa, así que tenía pensado entrevistar al ministro de turismo.

Había reporteros por todas partes hablando con la gente en la calle sobre lo que les parecía la Copa del Mundo y sobre lo que el estadio significaba para ellos.

Conn se reunió con ella en el estadio a media tarde. Previamente, Eve le había pasado las preguntas por fax y todo fue sobre ruedas.

Al día siguiente, grabarían la parte en directo y abrirían las líneas telefónicas al público. Conn no pudo quedarse a ver el programa en la sede del canal de televisión porque tenía una reunión de accionistas aquella tarde, pero sorprendió a Eve ofreciéndose a llevarla en coche a la terminal.

Al llegar al muelle, Conn apagó el motor. El ferry acababa de llegar, pero todavía tenían tiempo.

Conn se quedó mirando el horizonte fijamente, incapaz de expresar la gratitud que sentía por todo lo que Eve estaba haciendo por él.

–Todo esto es de locos –comentó por fin–. Me he pasado una eternidad odiando a la gente como tú. Ya sabes, la gente de la televisión, los periodistas... y ahora me estoy sirviendo de ti...

–Fue idea mía, Conn –le recordó Eve acariciándole la mejilla–. Quise hacerlo porque me parece importante –añadió bajándose del coche.

Una vez a solas, Conn sonrió satisfecho y se dijo que era maravilloso luchar los dos juntos por algo, pero no pudo evitar preguntarse qué ocurriría cuando aquella batalla terminara.

De vuelta a casa, Conn decidió parar en el supermercado a comprar lo que iba a necesitar para preparar la cena. Lo mínimo que podía hacer era prepararle algo rico a Eve para cuando volviera a casa aquella noche.

Para cuando Eve volviera a casa aquella noche...

¿Cuándo se había convertido su casa en la casa de Eve? Conn prefirió no darle demasiadas vueltas al tema y se concentró en recorrer los pasillos del supermercado, algo que hacía muchos años que no hacía.

Al llegar a la caja para pagar, la cajera sonrió encantada.

–Hay una foto muy bonita de usted y de Eve Summers en *Women's Weekly* –comentó.

Conn la miró confuso y la mujer le señaló una revista en la que, efectivamente, aparecían en portada. Obviamente, se trataba de las fotografías de la noche de la fiesta para recaudar fondos para la campaña a la alcaldía de Pete Scanlon.

Mientras salía del supermercado, Conn se dijo que, tarde temprano, todo el mundo se daría cuenta de su relación. Al fin y al cabo, Eve era una mujer famosa.

¿Y él qué iba a hacer? Era un hombre solitario al que le gustaba su soledad. ¿Qué necesidad real tenía de intimidad?

Entonces recordó algo, se sacó el teléfono móvil del bolsillo y llamó a su madre.

–Mamá, esta noche Eve va a hacer un programa de televisión. Me parece que os va a gustar.

Su madre se puso muy contenta, lo que alegró sobremanera a Conn. Tal vez, algún día consiguiera mejorar su relación con ellos. Por lo menos, con ella. Siempre y cuando, claro, su madre no volviera a las andadas y se pasara todo el día buscándole novia, como había ocurrido después del accidente.

En su caso no iba a haber una boda por todo lo alto ni una familia feliz. Su hermana Erin ya cumplía por él en ese aspecto.

Conn organizó la cena y, a continuación, se sentó a revisar unos documentos de última hora. Tenía que estar preparado para la reunión de accionistas, quería hacer una presentación espectacular. Era una pena que la reunión no fuera al día siguiente porque el programa especial de Eve le podría haber hecho ganar unos cuantos votos.

Por la tarde, la reunión fue de maravilla. Los

accionistas entendieron la decisión de vender la empresa de South Island para invertir el dinero en el estadio y la idea de posponer la construcción de la cadena hotelera del Pacífico Sur les pareció estupenda.

Ahora sólo le quedaba ver el programa especial de Eve y esperar a las elecciones.

Eve llegó a casa, abrió la puerta y corrió por el pasillo, incapaz de contener la emoción. Sin embargo, el silencio la recibió como un cubo de agua fría. Al entrar en el salón, se encontró a Conn sentado a la mesa mirando unos papeles.

–¿No has visto el programa? –le preguntó Eve al ver que tenía el televisor apagado.

–¿Qué programa? –contestó Conn.

Eve se quedó mirándolo con incredulidad hasta que Conn sonrió, lo que hizo que Eve corriera hacia él. Conn se levantó y la recibió con una gran sonrisa y los brazos abiertos.

–¡Lo hemos conseguido! –exclamó Eve agarrándolo del cuello y permitiendo que Conn le diera una vuelta por el aire.

–Tú lo has conseguido –dijo Conn besándola en la boca–. Has estado genial.

–¡Ha sido maravilloso! ¡El noventa y dos por ciento de la población nos ha dado su apoyo!

Efectivamente, el noventa y dos por ciento de la población nacional aprobaba la celebración de la Copa del Mundo en su país y quería que el alcalde de la ciudad más grande de la nación cumpliera con el compromiso que había adquirido el ayuntamiento años atrás.

Eve encendió el televisor y Conn sirvió dos copas de champán para celebrar el triunfo. Mientras se lo bebían, vieron las noticias, que se hacían eco del programa de Eve y en cuyo espacio entrevistaban al alcalde Benson, que decía que el ayuntamiento tenía una relación excelente con Bannerman Inc.

–Me parece que mañana me voy a pasar a verlo –anunció Conn.

Eve sonrió encantada. Estaba feliz de verlo así. Todo estaba saliendo maravillosamente bien.

–Eve, ¿qué tenemos tú y yo en común? –le preguntó Conn de repente–. Somos como la dama y el vagabundo.

–Bueno, por algún lado hay que empezar.

Eve era consciente de que habían conseguido mucho juntos. Él la había ayudado con Pete Scanlon y ella lo había ayudado con el estadio, pero en su relación había mucho más que todo aquello y aquella noche era su noche, la noche de su victoria.

–Veamos, a ti te gusta cómo cocino y a mí me gustan los buzones de escultores famosos –le dijo acariciándole el pecho de manera lenta y seductora–. Me encanta que me ayudes a pintar las paredes de mi habitación –añadió desabrochándole un botón–. Además, sé que te encanta besarme –continuó desabrochándole otro y besándolo–. Para colmo, me caen bien tus padres –continuó besán-

127

dole el lóbulo de la oreja y acariciándole los pezones–. Y lo que más me gusta de todo es cómo se te tensa el cuerpo cuando te hago esto–. Me encanta el champán –dijo deslizando la mano por el interior de sus pantalones.

Conn echó la cabeza hacia atrás y tomó aire profundamente.

–Ya verás, a ti también te va a encantar.

Conn tragó saliva y cerró los ojos.

–A mí... ya me gusta...

Eve le bajó la cremallera de los pantalones, sonriendo al percibir su tono de voz. Conn tenía la piel ardiendo y Eve no dudó en tomar su miembro con una mano y comenzar a masajearlo.

A continuación, agarró con la otra mano la copa de champán. En aquel momento, Conn abrió los ojos y, cuando se dio cuenta de lo que Eve estaba a punto de hacer, se quedó observándola.

Eve se llenó la boca de champán e inclinó la cabeza sobre él. Conn apretó los dientes y tragó saliva al sentir las brujas del champán sobre aquella parte tan sensible de su anatomía.

Al final de la noche, recogieron del salón no una sino dos botellas de champán vacías. Desde luego, Conn era un hombre de lo más justo y había insistido en que abrieran otra, daba igual el gasto, para poder devolverle el favor a Eve.

Ahora ya tenían otra cosa en común: a los dos les encantaba el champán.

# Capítulo Diez

A la mañana siguiente, Eve acompañó a Conn a visitar al alcalde. Al final, consiguieron que Benson se comprometiera a respaldar públicamente a Conn en la construcción del estadio.

–Anda, dile a tu chófer que le das el día libre y vamos a ver a tus padres –propuso Eve al salir de la reunión.

Conn la miró alucinado.

–Viven a una hora y media de aquí.

–Conduzco yo –insistió Eve–. Hace ya tiempo que me apetece probar tu BMW.

Conn le dijo a su chófer que podía irse a casa y dejó que Eve lo llevara a aquélla en la que había pasado la niñez.

Su madre los recibió encantada. Su padre parecía más nervioso. Conn se paseaba por el salón mirando fotografías y contestando a las preguntas de su madre con monosílabos.

–¿De cuándo es esta foto? –le preguntó.

–De hace un año –contestó su madre–. Es su hermana –le explicó a Eve.

—Ha engordado, ¿no? —comentó Conn.

—Es que en esa fotografía estaba embarazada de Cinnamon.

—¿Cuánto hace que no ves a tu hermana? —intervino Eve.

—Un par de años, más o menos —contestó Conn encogiéndose de hombros.

—Hace cuatro años que no la ves, cariño. Desde que se fueron a vivir a la ciudad —apuntó su madre girándose hacia Eve—. Está casada con un policía.

Aquello sorprendió a Eve sobremanera. ¿La hermana de Conn vivía en la misma ciudad en la que él trabajaba y hacía cuatro años que no se veían? ¿Pero qué le había sucedido a aquella familia?

—Me gustaría ver tu habitación —comentó Eve para rebajar la tensión.

Aquello hizo que la señora Bannerman se pusiera en pie, que el señor Bannerman tosiera y que Conn Bannerman la mirara alucinado.

—Conn se fue a vivir a la casa de invitados cuando tenía trece años, diciéndonos que ya era mayor y que necesitaba independencia —sonrió su madre saliendo al jardín.

Al llegar junto a una cabaña de madera que había bajo un árbol, abrió la puerta y entró. Los demás la siguieron. Eve arrugó la nariz. El olor que había en el interior de la cabaña no era desagradable, pero no lo podía identificar.

Sin embargo, se olvidó al instante, en cuanto vio todas las cosas de Conn que había allí dentro.

Había fotografías enmarcadas por las paredes, todas de Conn jugando al rugby.

Eve se giró hacia Conn y vio que tenía un brillo especial en los ojos. Había un balón de rugby sobre la cama y Conn se acercó y lo tomó entre las manos.

–Vaya, ya sabía yo que te escapabas a fumar a algún sitio –comentó la madre de Conn viendo una pipa en un cenicero.

El padre de Conn desvió la mirada.

–¿Serías capaz todavía de hacer un buen pase, papá? –le dijo a su padre haciendo el amago de pasarle el balón.

La señora Bannerman se quedó mirando a su hijo con la boca abierta. Su marido miró a Conn, asintió y salió de la cabaña con su hijo siguiéndolo de cerca.

A la madre de Conn se le humedecieron los ojos.

–Se pasaban horas los dos juntos lanzando ese balón –murmuró recordando–. Había noches en las que me desgañitaba llamándolos para cenar y no me hacían ni caso. En alguna ocasión, he llegado a tirarles la cena a la basura.

Eve y Conn se fueron pronto. En el trayecto de vuelta, Conn habló poco y Eve estaba preocupada.

–Supongo que debería irme planteando que tengo que volver a mi casa –comentó algo nerviosa.

–Ya fuiste ayer –contestó Conn.

No era eso a lo que ella se refería y ambos lo sabían perfectamente.

–Ya hablaremos de esto después de las elecciones –dijo Conn al cabo de un rato en silencio.

Eve se dijo que tenía unos cuantos días más para conseguir convertirse en algo vital para Conn, en algo tan importante como él era para ella.

Conn estaba mirando el mar desde el acantilado cuando Eve, que se había ido a cambiar de ropa, llegó a su lado y lo abrazó por la cintura.

–Me lo he pasado fenomenal –dijo sinceramente–. ¿Qué os pasado a ti y a tu familia?

–Es... complicado –contestó Conn con el ceño fruncido.

–¿Fue a causa del accidente?

Conn se apartó de ella y se apoyó en la barandilla. No era que no quisiera contárselo sino que se le hacía todo tan lejano y tan cercano a la vez... En cualquier caso, sabía que Eve lo comprendería, que no lo juzgaría. Conn era consciente de que podía contar con su apoyo.

Claro que, ¿qué importancia tenía eso cuando había sido él y sólo él quien había decidido distanciarse de su familia, a la que tanto amaba, a pesar de que les iba a hacer mucho daño, porque no se soportaba a sí mismo?

Había perdido el control del coche. Rachel había muerto. Por mucho dinero que hubiera ganado desde entonces, se sentía todavía destrozado.

–El accidente fue muy duro para ellos. Intentaron ayudarme todo lo que pudieron, pero yo no me dejé. Cuanto más lo intentaban ellos, más me resistía yo.

Eve lo miró con serenidad, indicándole que continuara.

–Aquella noche habíamos salido a cenar –recordó Conn–. Estaba lloviendo a todo llover. Por lo visto, alguien del restaurante había llamado a los fotógrafos. Rachel salió primero y se los encontró –añadió maldiciendo–. No nos dejaban en paz y yo decidí intervenir. No era la primera vez que les decía que nos dejaran en paz –continuó con amargura–. Nos subimos al coche, pisé el acelerador a fondo y nos chocamos contra un muro de hormigón. Estuvimos en el coche tan sólo unos segundos. Fue un trayecto al infierno muy corto.

Al mirar a Eve, vio que estaba llorando, lo que lo puso a la defensiva de repente.

–¿Quieres una copa?

Eve negó con la cabeza y Conn entró en la casa, se sirvió un bourbon y le dio un buen trago antes de volver. Mientras salía, se quedó mirando a Eve, desafiándola con la mirada a que le dijera aquello que tantos otros le habían dicho antes.

«No es culpa tuya», «fue un accidente», «le podía haber pasado a cualquiera», «tienes que superarlo»...

–Continúa –murmuró Eve.

¿Cómo? ¿No lo iba a intentar calmar? Conn se bebió el resto del bourbon.

–A mí me tuvieron que operar unas cuantas veces, pero me acabé recuperando. Luego, vino el juicio y ocupé las portadas de los periódicos de nuevo. Me declararon inocente y los medios de comunicación se abalanzaron sobre mí. Cuando pasó el juicio, decidieron que querían seguir con la carnaza y emitieron el último capítulo de la serie que Rachel había grabado. Mis padres empezaron a recibir cartas de muy mal gusto. Yo no podía soportar verlos así, y decidí distanciarme.

–La familia está para eso, Conn, para apoyarse los unos a los otros –le dijo Eve con amabilidad–. ¿Y tu hermana?

–Erin y Rachel eran muy amigas.

Después del accidente, su hermana le había contado que Rachel la había llamado saliendo del restaurante y le había dicho llorando que la había dejado. A pesar de sus lesiones, su hermana había volcado toda su rabia sobre él. Más tarde, le había pedido perdón, pero la relación entre ellos nunca se había recuperado.

–¿Los padres de Rachel fueron a verte al hospital?

–No, gracias a Dios, no vinieron –contestó Conn.

–¿Fuiste a su entierro?

–No, no fui –contestó Conn empezando a hartarse–. Estaba en cuidados intensivos. ¿Qué más quieres saber?

–Quiero saberlo todo.

–No creo que lo digas en serio –contestó Conn riéndose con amargura.

–Quiero saber lo que sentías por ella entonces y lo que sientes por ella ahora –le exigió.

–La conocí cuando tenía diecinueve años. ¿Qué suelen sentir los chicos y las chicas de esa edad?

–¿Me estás diciendo que no era nada serio?

Conn no contestó.

–La prensa dijo que estabas destrozado. Según la familia y los amigos, estabais muy enamorados.

–¿Y tú te crees todo lo que dice la prensa?

A continuación, se quedaron mirando a los ojos.

–Conn, a mí no me importa vivir con el fantasma de una mujer a la que amaste. No quiero usurpar su lugar.

¿Qué estaba diciendo? ¿Que lo amaba? Conn tragó saliva. Al instante, se dijo que él no era merecedor de aquellos sentimientos y decidió apartarlos de su mente.

–Me da la sensación de que no me lo estás contando todo.

–Malditos periodistas –gruñó Conn.

–Yo no…

–¡Está bien! –exclamó Conn iracundo–. No, no estaba enamorado de ella. La estaba utilizando. Ella no quería salir aquella noche. No le gustaba salir porque a menudo nuestras salidas se convertían en un circo con la prensa o con el público –le explicó Conn sentándose en una silla–. Rachel era una chica encantadora, pero demasiado famosa. Siempre se había llevado bien con la prensa... hasta que aparecí yo. Yo era el que se llevaba toda la atención. Yo quería que se fijaran en mí. A mí no me apetecía quedarme en casa comiendo pizza como quería hacer ella –confesó mirando hacia abajo–. El entrenador me leyó el pensamiento y me dijo que, si no empezaba a rendir en lugar de andar por ahí empujando a periodistas y fotógrafos y apareciendo en las portadas de los tabloides, estaba fuera del equipo. Decidí sacrificar a Rachel. Así que aquella noche decidí que, a partir del día siguiente, iba a vivir única y exclusivamente para el rugby, pero que aquella noche iba a montar una buena.

Conn recordó cómo todo el mundo los miraba en el restaurante. Era perfecto.

—Por una parte, estaba rezando para que Rachel se pusiera a insultarme —confesó mirando a Eve, necesitado de ver el disgusto que le estaría produciendo—. Estaba representando un papel. Era una superestrella en un país cuyo inconsciente colectivo dependía de si ganábamos o perdíamos un partido.

Eve se mordió el labio inferior, pero no apartó la mirada.

—Pero Rachel no se enfadó, no montó ninguna escena ni gritó. Se limitó a llorar. No me lo esperaba. La tenía sentada frente a mí y las lágrimas resbalaban por sus mejillas. Todo el mundo nos miraba. El restaurante entero estaba en silencio —recordó Conn—. De repente, se puso en pie y salió corriendo. Yo me apresuré a pagar y la seguí. Para cuando llegué a su lado, estaba rodeada de fotógrafos. Intentaba quitárselos de encima, incluso los insultaba. Creo que para entonces se había dado cuenta de mis intenciones y ella también estaba haciendo su papel —añadió Conn sacudiendo la cabeza y poniéndose en pie—. Fue de locos.

Eve tomó aire y lo siguió.

—Fue un accidente, Conn —le dijo mirándolo a los ojos.

Conn tomó aire.

—Lo que no puedo soportar es que se muriera después de haberla rechazado. No puedo soportar que tanta gente fuera testigo de aquello; sobre todo, no puedo soportar el haber sobrevivido y que ella haya muerto.

Eve le apretó la mano, obligándolo a mirarla.

—No eres un monstruo.

¿De verdad que no? Lo único que Conn sabía era que su castigo era no poder aceptar el tipo de felicidad que Eve Drumm le ofrecía. Tenía que encontrar la manera de apartarla de su lado mientras todavía podía.

Por su bien.

—Las personas como tú no deberían acercarse a la gente como yo —le dijo—. Yo sé que puedo sobrevivir. Sin embargo, la gente buena no puede sobrevivir y acaba hiriéndose... o algo mucho peor.

# *Capítulo Once*

Había llegado el día de las elecciones.

Eve insistió para que bajaran juntos al pueblo a votar y, luego, almorzaron en una cafetería desde la que se veía la playa. Adrede, se había sentado de espaldas a los demás comensales con la esperanza de que a Conn no lo reconocieran con tanta facilidad como a ella.

Aquella mañana, lo había despertado con caricias y le había hecho el amor con la intención de demostrarle sin palabras, porque las palabras se quedaban cortas, que era suya y que siempre lo sería.

Al terminar, había tenido que hacer un gran esfuerzo para no decirle lo que sentía por él, pero lo había conseguido ocultando el rostro en su cuello.

Desde que Conn le había hablado del accidente, Eve tenía la sensación de que algo entre ellos había cambiado. Conn la miraba de manera diferente.

–Tierra llamando a Eve, tierra llamando a Eve –bromeó Conn tocándole los pies por debajo de la mesa.

–Perdón –se disculpó Eve.

Era consciente de que Conn estaba haciendo todo lo que podía para ignorar las miradas de la gente y lo mínimo que ella podía hacer por su parte era prestarle atención.

–¿Estás nerviosa por las elecciones?

Eve asintió a pesar de que no era del todo cierto porque lo que a ella realmente la tenía nerviosa era la conversación que tendría lugar entre ellos después de las elecciones. Todo, su vida, su futuro, su profesión, su lugar de residencia dependían de que aquel hombre sintiera lo mismo que ella.

–Hemos hecho todo lo que hemos podido –le aseguró Conn–. ¿Nos vamos?

Mientras esperaban a que el camarero les llevara la tarjeta de crédito, un hombre se acercó a desearle buena suerte con el estadio. Eve se giró para darle las gracias suponiendo que Conn se iba a mostrar cortante, pero quedó agradablemente sorprendida al ver que Conn sonreía y asentía.

¿Quería eso decir que el hombre de hielo se estaba derritiendo?

A continuación, dieron un paseo charlando como cualquier otra pareja. Incluso Conn la agarró de la mano para cruzar la calle. A Eve le entraron ganas de entrelazar sus dedos, pero no lo hizo por miedo de que a Conn le pareciera demasiado. Cuando la soltó, su decepción se vio recompensada por la sonrisa que Conn le dispensó. ¡Dos sonrisas en una mañana! La vida era maravillosa.

Sin embargo, Conn le dijo que, pesar de que

era sábado, tenía que trabajar. Eve decidió quedarse en el pueblo haciendo la compra para cenar. Tal vez, unas cuantas horas separados hicieran que Conn abriera los ojos y que ella reuniera el valor suficiente para decirle cuánto lo amaba.

Estaba previsto que en los últimos cinco minutos de las noticias locales se dieran los resultados de las elecciones, así que Eve preparó pizza, guacamole y cerveza y lo colocó todo delante del televisor como si se tratara de una gran celebración. Conn le siguió el juego llevando un par de gorras de béisbol.

Tal y como esperaban, el alcalde Benson salió reelegido tras apoyar el proyecto del estadio y no tener rival.

Eve y Conn brindaron encantados ante los resultados.

–Por tu estadio –sonrió Eve.

–Por tu máquina de hacer publicidad –contestó Conn besándola–. Se me está ocurriendo que podría ponerle tu nombre a una parte del estadio.

–A lo mejor eso es demasiado, pero lo que sí podrías hacer es explicarme los entresijos del rugby porque tengo intención de ver la final de la Copa del Mundo en tu estadio.

¿Se estaría dando cuenta de que estaba aludiendo a su futuro juntos? Conn la estaba mirando de manera sensual y, como de costumbre, Eve sintió que se derretía. Aquella noche le iba a decir que lo amaba, no sabía si hacerlo ya o esperar un poco.

Cuando Conn se inclinó sobre ella y la besó, decidió que las palabras tendrían que esperar, pero, en ese momento, sonó el teléfono.

Conn se levantó a contestar y Eve tuvo que aguantarse las ganas de seguir besándolo. La expresión de su rostro cambió de excitada a sorprendida cuando oyó la voz de la persona que lo llamaba.

–¿Cuándo?

Eve lo miró sorprendida. Conn agarró el mando de la televisión y cambió de canal.

–No te preocupes, mamá, no pasa nada. Gracias por llamar. Saluda a papá de mi parte.

–¿Qué pasa? –le preguntó Eve quitándose la gorra.

–Era mi madre. Dice que acaba de ver el anuncio del programa de Felicity Cork de las ocho –contestó Conn sin mirarla.

Eve arrugó la nariz. Nunca había visto aquel programa, pero sabía que tenía fama de cruel. Cuando había conocido a la presentadora, no le había caído nada bien, le había parecido una mujer grosera y maleducada que creía que siempre tenía razón.

Eve se sentó en el borde del sofá y se quedó mirando la pantalla. Conn estaba de pie de espaldas a ella.

El programa comenzó y se oyó la voz de Felicity en off.

–¿Qué tienen estas dos personas en común? Mucho más lo que ustedes creen –dijo mientras se veían imágenes de Eve y de Conn–. Conner Bannerman se hizo famoso hace más de diez años al convertirse en el jugador de rugby más joven de la selección nacional. Salió con la famosa actriz de televisión Rachel Lee, que murió como consecuencia de un accidente de coche una noche de tormenta. Tras el accidente, se especuló con la posibilidad de que Conn, que conducía el coche siniestrado, estuviera borracho y, de hecho, se le juzgó por conducción temeraria, pero salió inocente. Desde entonces, Bannerman ha olvidado la tragedia construyendo un gran imperio a nivel internacional. A nivel personal, el empresario millonario ha llevado siempre una vida solitaria... hasta ahora.

Eve no le veía la cara, pero no se atrevía a acercarse a él porque, por su postura corporal, era obvio que estaba furioso. Aquello era lo peor que les podía suceder. Por su culpa, al ser ella famosa, Conn se veía expuesto.

A continuación, se vieron en pantalla varias imágenes de Conn siendo muy jovencito y trozos de la serie de televisión en la que Rachel participaba.

–Eve Drumm comenzó a trabajar en televisión en Europa del Este y África. Estuvo casada brevemente con James Summers, de la BBC, pero se divorciaron hace poco. Eve volvió a Nueva Zelanda hace tres años para hacerse cargo de un programa de sucesos, que abandonó recientemente entre especulaciones de si había sido despedida o se había ido voluntariamente. En ese mismo programa comenzó a hablarse de Pete Scanlon, el hombre que se presentaba la alcaldía y sobre el que actualmente pesan varios cargos. Lo que es curioso es que Bannerman Inc. apoyaba económicamente la campaña de Scanlon y todavía está por ver que las autoridades no llamen a su presidente, Conner Bannerman, a declarar. En cualquier caso, parece que, aunque en un principio podríamos pensar que estas dos personas estaban muy lejos la una de la otra, el amor no conoce fronteras. Por lo que parece, Bannerman y Eve Drumm se llevan muy bien y lo que los une va mucho más allá de su interés en los deberes cívicos. Sabemos de buena fuente que la pareja pasa mucho tiempo juntos y que están planeando casarse. En este programa estamos muy sorprendidos porque no se parecen en nada. El señor Estadio de Rugby es más dado a abalanzarse sobre los periodistas que a estrecharles la mano y Eve es tan... dulce que empalaga.

«¡Canalla!», pensó Eve.

Conn lo dijo en voz alta.

—En cualquier caso, les deseamos lo mejor y esperamos que nos inviten a la boda. Una última cosa, Eve... será mejor que conduzcas tú o que, por lo menos, le digas a tu novio que haga un curso de conducción —terminó la espantosa presentadora.

Eve cerró los ojos con fuerza. Se dijo que todo aquello era culpa suya. A continuación, se puso en pie. Estaba furiosa y se sentía engañada y culpable.

—¿Es amiga tuya? —le preguntó Conn girándose hacia ella.

–¡No! –se defendió Eve–. Yo no he tenido nada que ver en esto.

Al mirarlo, se dio cuenta de que Conn no la miraba con furia sino con tristeza.

–Ya lo sé.

Eve se sintió inmensamente aliviada.

–Sin embargo, eso no cambia la situación. Vuelvo a estar en el ojo del huracán. Eso quiere decir que mi familia y la familia de Rachel también.

Eve se mordió el labio.

–Lo siento mucho –murmuró–. En cualquier caso, no creo que esto vaya a tener mucho tirón, Conn. A la gente no le importa lo que pasó hace diez años.

Conn pasó a su lado y se sentó en el sofá, frunció el ceño, se puso las palmas de las manos en los hombros y se quedó mirándose los pies. Eve se dio cuenta de que estaba levantando los muros, de que la estaba dejando fuera, como hacía con todo el mundo.

–Mírame –le dijo sentándose a su lado.

Conn la miró y Eve se dio cuenta de que estaba intentando encerrarse en su fortaleza. Pero ella no se lo iba a permitir. Había conseguido zarandear su mundo. Conn había cambiado estando con ella. Había vuelto a reír.

–Te apuesto mi casa a que esto está olvidado en un par de días. Conn, esto fue noticia entonces, pero ahora no le interesa a nadie. Los chicos de ahora no saben quiénes eran Conner Bannerman ni Rachel Lee.

–¿A quién pretendemos engañar, Eve?

–¿Cómo?

–No nos parecemos en nada. No tenemos nada que ver. Yo no quiero vivir en tu pecera.

–¿Pecera?

–Sí, expuesto a los demás las veinticuatro horas del día. Tú entras en casa de la gente y ellos quieren entrar en la tuya. Ése es el precio que hay que pagar por ser famosa.

–Presentar no es mi vida. Podría hacer labores de producción o de cualquier otra cosa.

–¡No cambies tu vida por mí!

–Si tú no quieres que trabaje en televisión, no lo haré –insistió Eve–. No es ningún sacrificio.

–Eve... en seis meses estarías subiéndote por las paredes, aburrida hasta el tuétano, queriendo ir a fiestas y estar de nuevo en el meollo de todo.

Eve se quedó mirándolo. Fue entonces cuando se dio cuenta de que Conn tenía una lista bien confeccionada en la cabeza y que iba a ir punto por punto lanzándole afiladas dagas.

–Cuando yo te dijera que no quiero ir a una fiesta o una función, te sentirías dolida y acabaríamos destrozándonos el uno al otro.

–Sabes que eso no es cierto –contestó Eve intentando que sus palabras no le hicieran daño.

Conn suspiró.

–Eve... estas cosas no se me dan bien. No sé jugar en equipo, no soy una persona con la que resulte fácil vivir.

145

–A mí me parece que es muy fácil vivir contigo. ¿Acaso a ti te parece difícil vivir conmigo?

Conn no contestó.

Todo lo que estaba diciendo era insignificante porque no reflejaba la verdad de su relación, en la que había seguridad, comodidad, apoyo y pasión.

–Conn, ¿te vas a pasar la vida entera creyendo que todo el mundo te juzga por lo que pasó hace tanto tiempo?

–No es eso, Eve.

–¿Entonces? Apartas a todo el mundo de tu lado porque te culpas por el accidente. ¿Acaso crees que tu castigo no ha sido suficiente?

–¡No me vengas con monsergas de psicoanalista! –exclamó Conn.

Eve se dio cuenta de que se estaba acercando al meollo de la cuestión y decidió no presionar demasiado porque sabía que una persona herida era capaz de dar grandes coces si se sentía acorralada.

–A mí me parece que te has hecho una imagen mental de color de rosa sobre nosotros, sobre las familias felices –comentó Conn distanciándose.

«Sí, tienes razón», pensó Eve.

–¿Te parece que voy demasiado rápido?

–Lo que quiero que sepas es que yo no tengo lo mismo en la cabeza, que cuando pienso en ti no pienso en una familia feliz.

Eve parpadeó varias veces. ¿No la quería a su lado?

–Entiendo –comentó.

En realidad, no entendía nada. En realidad,

Eve estaba convencida de que, a pesar de que se opondría en un principio, en el fondo Conn quería lo mismo que ella. Ella lo había despertado al amor, lo había visto en sus ojos y en su rostro y lo había sentido entre sus brazos.

–Me temo que lo que busco es mucho más primitivo y no incluye el futuro que tú quieres y mereces –declaró Conn–. No puedo sustituir ni a tu matrimonio ni al hijo que no tuviste.

Eve sintió que los ojos se le llenaban de lágrimas y se enfureció consigo misma por no poder controlarlas. Aquello que estaba viviendo en aquellos momentos era importante y tenía que luchar por ello.

–Te quiero, Conn –le dijo–. Léeme los labios. ¡Te quiero!

Conn no se movió ni dijo nada.

–¿Quieres que te lo diga con las manos? –insistió Eve poniéndose en pie y hablándole en el lenguaje de los sordomudos.

Conn siguió sin moverse y sin decir nada.

Las lágrimas corrían ya por las mejillas de Eve.

–No me hagas esto, no me dejes fuera de tu mundo –murmuró Eve–. Sé que te he llegado al corazón, lo sé.

Conn apretó los dientes y la miró a los ojos.

–Mereces ser amado. Mereces ser feliz –insistió Eve con voz trémula–. Por favor, Conn, no me apartes de ti. No te quedes solo de nuevo.

–¡Maldita sea, Eve! –gritó Conn poniéndose

en pie–. No me lo hagas todavía más difícil –añadió agarrándola de los hombros.

Eve se quedó mirándolo sorprendida.

–¿No recuerdas acaso que te conté que utilicé a Rachel para conseguir sexo y atención y que luego la dejé? ¿No te das cuenta del tipo de hombre que soy?

Eve negó con la cabeza mientras la esperanza moría en su interior y sentía un inmenso dolor en el corazón. ¿Cómo era posible que se hubiera equivocado de aquella manera? Era imposible que se hubiera enamorado de un hombre que tenía hielo en las venas.

–Sí, así es, te he utilizado. He estado contigo hasta las elecciones porque me sentía obligado –le dijo soltándola–. Léeme los labios, Eve. Sexo. Excitante. Sin complicaciones. Temporal.

Cada una de sus palabras fue como una bofetada. Eve sintió una tremenda agonía, como cuando había perdido a su bebé, como cuando se había divorciado, como cuando su padre había muerto.

–Voy a recoger mis cosas –anunció dando un paso atrás.

Eve no sabía cómo había salido del salón, pero, de alguna manera, había conseguido llegar al dormitorio de Conn y recoger sus cosas. Se sentía tan mal que tenía ganas de vomitar.

Miró por última vez aquella habitación llena de besos, de caricias y de orgasmos, recordó las noches en las que habían dormido juntos y las mañanas en las que se habían despertado sonrientes y sintió ganas de llorar de nuevo, pero se dijo que no era el momento de hacerlo.

Así que echó los hombros hacia atrás, tomó aire y bajó con mucha dignidad al salón. Conn la estaba esperando junto a la puerta, con las llaves del coche en la mano. No hablaron. Un par de minutos después estaban en casa de Eve.

Todo había terminado. Eve se dijo que no lo iba a mirar. No podría soportarlo. Así que abrió la puerta.

–Lo siento mucho si... –dijo Conn.

Ni siquiera fue capaz de terminar la disculpa. Qué poco respeto le tenía. Eve sintió que el corazón se le endurecía.

–Yo también lo siento mucho –murmuró–. Lo siento mucho por ti. Por cómo te vas a sentir. Por el futuro vacío que tienes ante ti.

Y, dicho aquello, cerró la puerta y se encaminó a la puerta de su casa sin mirar atrás.

Sobre todo, lo que más sentía era lástima de sí misma.

# Capítulo Doce

Conn estuvo corriendo por la playa hasta que su rodilla lo obligó a sentarse sobre la arena mojada.

Hacía dos días que no sabía nada de Eve. ¿Tan mal se sentiría? Conn se dijo por enésima vez que lo había hecho por su bien.

Dos días después, recibió una carta de los abogados de Eve en la que se le anunciaba que su cliente había aceptado la oferta que le había hecho para comprar su casa, pero quería diez mil dólares más.

Conn llamó a los abogados y les preguntó dónde estaba Eve pues la había visto salir en un taxi una mañana y no había vuelto. Los abogados no quisieron decírselo, así que Conn les dijo que, si no le decían a su cliente que lo llamara, no habría trato.

Y Eve llamó.

—Recuerdo que en una ocasión me dijiste que era una persona amable pero que debía de tener algo de sadomasoquista. Supongo que tienes razón porque estoy hablando contigo –le dijo sin ni siquiera darle los buenos días.

—¿Dónde estás?

—En casa de mi madre.

—La isla es lo suficientemente grande para los dos. No se por qué te ha entrado esta prisa de repente por vender tu casa.

—¿No lo sabes?

Por supuesto que lo sabía.

—No, no lo sé.

—¿Quieres que te lo diga?

No, no quería.

—Si tú quieres...

Eve tomó aire.

—No puedo seguir viviendo cerca de ti porque te quiero y sé que mi amor no es correspondido.

—¿Y por qué tiene que ser o todo o nada? —explotó Conn—. ¿Por qué me presionas tanto?

Estaba furioso porque Eve se había ido, por haberle hecho daño, por haberla perdido y por tantas cosas.

—Yo nunca te he pedido que me lo dieras todo inmediatamente sino que me demostraras que estabas considerando darme algo algún día.

—¿A qué te refieres?

—Tú. Yo. Hijos. Vivir juntos.

Conn no contestó.

—Bueno, mándame el contrato de compraventa a casa de mi madre —concluyó Eve dándole la dirección y colgando el teléfono.

—Yo también te quiero, Eve —dijo Conn de repente—. No quiero perderte.

Al día siguiente, Conn vio un camión de mudanzas en casa de Eve, sacó los prismáticos para ver si la veía y comprobó que no había ido en persona a recoger sus cosas.

¡Qué horriblemente silencioso estaba todo! Tras poner un CD en la cadena de música a todo volumen, se sirvió una copa

Al cabo de un par de días, se encontró recorriendo la casa vacía de Eve, maldiciéndola por haberse ido. Hacía apenas un mes que la conocía y no podía ni dormir ni concentrarse en el trabajo porque no la tenía a su lado.

No podía soportar dormir solo y lo peor era despertarse sin ella a su lado. No se afeitaba. Tenía un aspecto terrible. Intentaba prepararse algo de comer y siempre terminaba tomándose un sándwich de cualquier cosa.

Tras otra noche sin dormir, llamó a su secretaria y le dijo que contratara una máquina demoledora. No tenía todavía permiso legal para hacerlo, pero le daba igual.

Conn se quedó mirando desde la ventana cómo la máquina tiraba la casa de Eve y sintió cómo su corazón se le hacía pedazos, como las paredes y el tejado de la casa.

***

Eve no pudo más y, mientras visitaba el cementerio con su madre, arrodillada ante la tumba de su padre, sobre la hierba húmeda, se abrazó de la cintura y comenzó a llorar, dando rienda suelta a todo su dolor.

Su madre le pasó un par de pañuelos de papel y esperó respetuosa. Eve se limpió la cara y limpió, a continuación, la lápida.

–«Aquí yace Frank Drumm –leyó en voz alta–. Amado marido de Mary y padre de Evangeline».

Y continuó.

–«Aquí yace Beth Summers, amada hija de James y Evangeline y nieta de Mary y del fallecido Frank Drumm».

Eve se había llevado las cenizas de su hija desde Londres con la idea de tenerla siempre a su lado, pero, cuando su padre había muerto, las había dejado con él para que se hicieran mutua compañía.

Eve se sentía terriblemente sola a pesar de que su madre la acompañaba en todo momento. El día anterior había recibido una maravillosa oferta de la televisión, pero había decidido que no quería volver a presentar.

En el terreno personal, no tenía las cosas tan claras. Suponía que lo que debería hacer sería encontrar un buen hombre y dedicarse a tener hijos, que era lo que más deseaba en el mundo. Por supuesto, no quería una relación basada en el deseo porque ya había tenido dos y ninguna había salido bien.

Aquel domingo Eve estaba ayudando a su madre a servir la comida en la Asociación de Sordos.

Mientras atendía una mesa, se abrió la puerta y todo el mundo se quedó mirando una figura enorme envuelta en un abrigo.

Conn.

Estaba espantoso y Eve no pudo evitar preguntarse si no le habría ocurrido alguna desgracia.

–¿Podemos hablar? –le preguntó Conn acercándose a ella.

Eve no contestó.

–En privado –insistió Conn.

–No te preocupes, son sordos, no te oyen –le recordó Eve–. ¿Cómo sabías dónde estaba?

–Me lo ha dicho el chico de la gasolinera.

Eve miró por la ventana y vio que Conn había ido en su coche privado, conduciendo él.

–¿Sabes que lo has estropeado todo? –le dijo Conn de repente.

Eve lo miró a los ojos.

–Hasta que tú apareciste en mi vida, era un hombre feliz.

–Eso no es cierto.

Conn suspiró.

–Está bien, tienes razón. Llevaba una vida cómoda y tranquila. El problema es que tú eres una mujer que está demasiado viva.

Eve sintió que los ojos se le llenaban de lágrimas.

–No te puedes ni imaginar cuánto he echado esto de menos.

–¿Has echado de menos hacerme llorar?

–¡Claro que no! No me refería a eso…

Eve tragó saliva.

–He traído el buzón.

Eve lo miró sorprendida.

–¿En el coche? Pero si debe de pesar una tonelada.

–Efectivamente, así que será mejor que te pienses muy bien dónde quieres que lo ponga.

Eve sacudió la cabeza.

–No tengo dónde...

–En mi casa... queda bien... –dijo Conn tragando saliva también.

Eve tomó aire y se dijo que no debía hacerse ilusiones.

–Será mejor que hables claro porque tengo muchas cosas que hacer –le dijo pensando en la cantidad de mesas que estaban esperando a que las atendiera.

Al girarse, comprendió por qué nadie estaba impaciente. Todos los miraban expectantes.

–¡Te quiero a ti! –exclamó Conn–. Tú. Yo. Hijos. Vivir juntos.

Eve se quedó mirándolo con la boca abierta. Lo había dicho tan claro que, obviamente, todo el mundo se había enterado.

–Eso fue lo que dijiste que querías, ¿no?

Eve no se lo podía creer. Poco a poco, levantó la cabeza y lo miró a los ojos.

–¿El amor también entra en el trato?

–Por supuesto –contestó Conn.

Eve se mordió el labio inferior para asegurarse de que no estaba soñando.

–¿Eres feliz amándome, Conn?

Conn tragó saliva.

—Cuando tuve frío, tú me calentaste —contestó—. Cuando me sentí vacío, tú me llenaste —añadió—. Cuando no era capaz de oír, tú me abriste los oídos.

Eve lo agarró de la mano, pensando que aquélla era la declaración de amor más romántica que le habían hecho en su vida. Intentó no llorar, pero no pudo evitarlo y le dio igual porque Conn también tenía un sospechoso brillo en los ojos.

—Tú me mostraste lo que era el amor y ahora sé que lo quiero en mi vida —continuó Conn tomándole el rostro entre las manos—. Te quiero, Eve —confesó inclinándose sobre ella y apoyando su frente en la de Eve.

Así estuvieron un rato. El silencio era completo.

—¿Se puede saber qué tengo que hacer para que me beses? —dijo Eve.

Conn la agarró de la cintura. Nada más hacerlo, todo el mundo estalló en gritos, aplausos y risas y a Eve le pareció que su madre era la que más aplaudía, la que más gritaba y la que más se reía, pero no podía apartar los ojos de su amado.

—A menos que no quieras que te vean besando a una presentadora famosa, claro...

Conn la apretó contra su cuerpo. El griterío que los envolvía subió todavía más de volumen. Conn sacudió la cabeza y sonrió.

—Vamos a darles algo de lo que hablar —dijo besándola con aire triunfal.

# Deseo®

# Traición y olvido

## Barbara McCauley

Kiera Blackhawk sólo quería saber la verdad sobre su pasado. No había imaginado que se enamoraría locamente de su cautivador jefe, Sam Prescott. Cada vez que la acariciaba, Kiera sentía que su cuerpo empezaba a arder y cada vez que la miraba, sentía la tentación de compartir con él todos los secretos que sabía debía guardar para sí. No podía dejarse seducir por el guapo director del hotel, pues él era leal a la familia que ella podría destruir con sus secretos...

**¿Qué haría él cuando la verdad saliera a la luz y descubriera que le había estado mintiendo desde el principio?**

# Acepte 2 de nuestras mejores novelas de amor GRATIS

## ¡Y reciba un regalo sorpresa!

---

## Oferta especial de tiempo limitado

**Rellene el cupón y envíelo a**
**Harlequin Reader Service®**
3010 Walden Ave.
P.O. Box 1867
Buffalo, N.Y. 14240-1867

**¡Sí!** Por favor, envíenme 2 novelas de amor de Harlequin (1 Bianca® y 1 Deseo®) gratis, más el regalo sorpresa. Luego remítanme 4 novelas nuevas todos los meses, las cuales recibiré mucho antes de que aparezcan en librerías, y factúrenme al bajo precio de $3,24 cada una, más $0,25 por envío e impuesto de ventas, si corresponde*. Este es el precio total, y es un ahorro de casi el 20% sobre el precio de portada. ¡Una oferta excelente! Entiendo que el hecho de aceptar estos libros y el regalo no me obliga en forma alguna a la compra de libros adicionales. Y también que puedo devolver cualquier envío y cancelar en cualquier momento. Aún si decido no comprar ningún otro libro de Harlequin, los 2 libros gratis y el regalo sorpresa son míos para siempre.

416 LBN DU7N

| | |
|---|---|
| Nombre y apellido | (Por favor, letra de molde) |
| Dirección | Apartamento No. |
| Ciudad | Estado Zona postal |

Esta oferta se limita a un pedido por hogar y no está disponible para los subscriptores actuales de Deseo® y Bianca®.
*Los términos y precios quedan sujetos a cambios sin aviso previo.
Impuestos de ventas aplican en N.Y.

# *Julia*®

La regla número uno de Jackson Witt era no sentir ningún tipo de tentación en el trabajo, así que lo último que deseaba era tener como secretaria a una mujer bella, soltera… ¡y embarazada! Sin embargo, además de estar sola y abandonada, Mandy Parkerson era la única candidata con la preparación necesaria para el trabajo.

Mandy era un doloroso recuerdo de todo lo que Jackson había perdido, pero el amor que sentía por su futuro hijo y su evidente vulnerabilidad le hicieron sentirse protector. Lo que aún no sabía era cómo podría proteger su corazón del dolor que le provocaría decirle a la encantadora embarazada que había prometido no volver a enamorarse…

*Esperando un sueño*
Barbara McMahon

# *Esperando un sueño*

Barbara McMahon

**Cuando lo miró con aquellos profundos ojos azules, él supo que no podría negarle nada…**

# Bianca®

**Estaba a las órdenes de su jefe italiano...**

El implacable abogado italiano Dante Costello contrató a Matilda para que creara un jardín mágico con la esperanza de que eso ayudara a solucionar los problemas de su hija.

Muy pronto surgió entre ellos una intensa atracción y Dante decidió ofrecerle a Matilda que se convirtiera en su amante, pero nada más. Desde hacía ya mucho tiempo se mantenía alejado de las relaciones serias para proteger a su hija, pero resultó que sus necesidades eran mucho mayores de lo que había imaginado. Lo que había creído deseo resultó ser algo mucho más fuerte... algo que no podía negar.

## Flores del corazón

Carol Marinelli